Jorge Luis Borges

Fictions

Préface d'Ibarra

*Traduit de l'espagnol
par P. Verdevoye, Ibarra
et Roger Caillois*

*Nouvelle édition augmentée
(1983)*

Gallimard

Le Jardin aux sentiers qui bifurquent

(1941)

PROLOGUE

Les huit pièces de ce livre se passent d'élucidation. La huitième (Le jardin aux sentiers qui bifurquent) est policière; les lecteurs assisteront à l'exécution et à tous les préliminaires d'un crime, dont l'intention leur est connue, mais qu'ils ne comprendront pas, me semble-t-il, avant le dernier paragraphe. Les autres sont fantastiques; l'une — La loterie à Babylone — n'est pas tout à fait innocente de symbolisme. Je ne suis pas le premier auteur du récit La bibliothèque de Babel; les lecteurs curieux de connaître son histoire et sa préhistoire peuvent interroger une certaine page du numéro 59 de Sur, qui consigne les noms hétérogènes de Leucippe et de Lasswitz, de Lewis Carroll et d'Aristote. Dans Les ruines circulaires tout est irréel; dans Pierre Ménard, auteur du Don Quichotte, est irréel le destin que s'impose le protagoniste. La nomenclature des écrits que je lui attribue n'est pas trop divertissante mais elle n'est pas arbitraire; c'est un diagramme de son histoire mentale...

Délire laborieux et appauvrissant que de composer de vastes livres, de développer en cinq cents pages une idée que l'on peut très bien exposer oralement en quelques minutes. Mieux vaut feindre que ces livres existent déjà, et en offrir un résumé, un commentaire. Ainsi procédèrent Carlyle dans Sartor Resartus; Butter dans The Fair

Haven : *ouvrages qui ont l'imperfection d'être également
des livres non moins tautologiques que les autres. Plus
raisonnable, plus incapable, plus paresseux, j'ai préféré
écrire des notes sur des livres imaginaires. Telles sont
Tlön, Uqbar, Orbis Tertius ; l'Examen de l'œuvre
d'Herbert Quain ; L'approche d'Almotasim. La dernière est de 1935 ; j'ai lu dernièrement* The Sacred Fount
*(1901), dont l'argument général est peut-être analogue.
Le narrateur, dans le délicat roman de James, recherche
si A ou C influent sur B ; dans* L'approche d'Almotasim
*il pressent ou devine, à travers B, la très lointaine
existence de Z, que B ne connaît pas.*

J. L. B.
Buenos Aires, 10 novembre 1941.

Traduction P. Verdevoye.

TLÖN UQBAR ORBIS TERTIUS

I

C'est à la conjonction d'un miroir et d'une encyclopédie que je dois la découverte d'Uqbar. Le miroir
inquiétait le fond d'un couloir d'une villa de la rue
Gaona, à Ramos Mejia ; l'encyclopédie s'appelle falla-
cieusement *The Anglo-American Cyclopœdia* (New
York, 1917). C'est une réimpression littérale, mais
également fastidieuse, de l'*Encyclopœdia Britannica*
de 1902. Le fait se produisit il y a quelque cinq ans.
Bioy Casarès avait dîné avec moi ce soir-là et nous
nous étions attardés à polémiquer longuement sur la
réalisation d'un roman à la première personne, dont le
narrateur omettrait ou défigurerait les faits et tombe-
rait dans diverses contradictions, qui permettraient à
peu de lecteurs — à très peu de lecteurs — de deviner
une réalité atroce ou banale. Du fond lointain du
couloir le miroir nous guettait. Nous découvrîmes (à
une heure avancée de la nuit cette découverte est
inévitable) que les miroirs ont quelque chose de
monstrueux. Bioy Casarès se rappela alors qu'un des
hérésiarques d'Uqbar avait déclaré que les miroirs et
la copulation étaient abominables, parce qu'ils multipliaient le nombre des hommes. Je lui demandai
l'origine de cette mémorable maxime et il me répon-

dit que *The Anglo-American Cyclopædia* la consignait
dans son article sur Uqbar. La villa (que nous avions
louée meublée) possédait un exemplaire de cet
ouvrage. Dans les dernières pages du XLVIᵉ volume
nous trouvâmes un article sur Upsal; dans les premières du XLVIIᵉ, un autre sur *Ural-Áltaic Languages*,
mais pas un mot d'Uqbar. Bioy, un peu affolé, interrogea les tomes de l'index. Il épuisa en vain toutes les
leçons imaginables : Ukbar, Ucbar, Oocqbar,
Oukbahr... Avant de s'en aller, il me dit que c'était une
région de l'Irak ou de l'Asie Mineure. J'avoue que
j'acquiesçai avec une certaine gêne. Je conjecturai que
ce pays sans papiers d'identité et cet hérésiarque
anonyme étaient une fiction improvisée par la modestie de Bioy pour justifier une phrase. L'examen stérile
des atlas de Justus Perthes me confirma dans mon doute.

Le lendemain, Bioy me téléphona de Buenos Aires.
Il me dit qu'il avait sous les yeux l'article sur Uqbar,
dans le XLVIᵉ tome de l'Encyclopédie. Le nom de
l'hérésiarque n'y figurait pas, mais on y trouvait bien
sa doctrine, formulée en des termes presque identiques à ceux qu'il m'avait répétés, quoique — peut-être
— littérairement inférieurs. Il s'était souvenu de :
Copulation and mirrors are abominable. Le texte de
l'Encyclopédie disait : *Pour un de ces gnostiques,
l'univers visible était une illusion ou (plus précisément)
un sophisme. Les miroirs et la paternité sont abominables* (mirrors and fatherhood are abominable) *parce
qu'ils le multiplient et le divulguent.* Je lui dis, sans
manquer à la vérité, que j'aimerais voir cet article. Il
me l'apporta quelques jours plus tard. Ce qui me
surprit, car les scrupuleux index cartographiques de
la *Erdkunde* de Ritter ignoraient complètement le
nom d'Uqbar.

Le volume qu'apporta Bioy était effectivement le
XLVIᵉ de l'*Anglo-American Cyclopædia.* Sur le frontis-

pice et le dos du volume, l'indication alphabétique (Tor-Ups) était celle de notre exemplaire; mais, au lieu de 917 pages, le livre en contenait 921. Ces quatre pages additionnelles comprenaient l'article sur Uqbar : non prévu (comme le lecteur l'aura remarqué) par l'indication alphabétique. Nous constatâmes ensuite qu'il n'y avait pas d'autre différence entre les volumes. Tous deux (comme je crois l'avoir indiqué) sont des réimpressions de la dixième *Encyclopædia Britannica*. Bioy avait acquis son exemplaire dans une des nombreuses ventes aux enchères.

Nous lûmes l'article avec un certain soin. Le passage rappelé par Bioy était peut-être le seul surprenant. Le reste paraissait très vraisemblable, en rapport étroit avec le ton général de l'ouvrage et (cela va de soi) un peu ennuyeux. En le relisant, nous découvrîmes sous son style rigoureux une imprécision fondamentale. Des quatorze noms qui figuraient dans la partie géographique, nous n'en reconnûmes que trois — Khorassan, Arménie, Erzeroum, — interpolés dans le texte d'une façon ambiguë. Des noms historiques, un seul : l'imposteur Esmerdis le mage, invoqué plutôt comme une métaphore. La note semblait préciser les frontières d'Uqbar, mais ses nébuleux points de repère étaient des fleuves, des cratères et des chaînes de cette même région. Nous lûmes, par exemple, que les terres basses de Tsal Jaldoum et le delta de l'Axa définissent la frontière sud et que, dans les îles de ce delta, les chevaux sauvages procréent. Cela, au début de la page 918. Dans la partie historique (page 920) nous apprîmes qu'à cause des persécutions religieuses du XIIIᵉ siècle, les orthodoxes cherchèrent refuge dans les îles, où subsistent encore leurs obélisques et où il n'est pas rare d'exhumer leurs miroirs de pierre. La partie *langue et littérature* était brève. Un seul trait mémorable : la littérature d'Uqbar était de caractère

fantastique, ses épopées et ses légendes ne se rappor-
taient jamais à la réalité, mais aux deux régions
imaginaires de Mlejnas et de Tlön... La bibliographie
énumérait quatre volumes que nous n'avons pas
trouvés jusqu'à présent, bien que le troisième — Silas
Haslam : *History of the land called Uqbar*, 1874 —
figure dans les catalogues de librairie de Bernard
Quaritch [1]. Le premier, *Lesbare und lesenswerthe
Bemerkungen über das Land Ukkbar in Klein-Asien*, date
de 1641. Il est l'œuvre de Johannes Valentinus Andrea.
Le fait est significatif ; quelques années plus tard, je
trouvai ce nom dans les pages inattendues de De
Quincey (*Writing*, treizième volume) et j'appris que
c'était celui d'un théologien allemand qui, au début
du XVIIe siècle, avait décrit la communauté imaginaire
de la Rose-Croix — que d'autres fondèrent ensuite à
l'instar de ce qu'il avait préfiguré lui-même.

Ce soir-là nous visitâmes la Bibliothèque Nationale : c'est en vain que nous fatiguâmes atlas, catalogues, annuaires de sociétés géographiques, mémoires
de voyageurs et d'historiens : personne n'était jamais
allé en Uqbar. L'index général de l'encyclopédie de
Bioy ne consignait pas non plus ce nom. Le lendemain, Carlos Mastronardi (à qui j'avais conté l'affaire)
remarqua dans une librairie située au coin des rues
Corrientes et Talcahuano les dos noir et or de l'*Anglo-
American Cyclopædia*... Il entra et interrogea le XLVIe
volume. Naturellement, il ne trouva pas trace d'Uqbar.

II

A l'hôtel d'Adrogué, parmi les chèvrefeuilles débor-
dants et dans le fond illusoire des miroirs, persiste
quelque souvenir limité et décroissant d'Herbert

1. Haslam a publié aussi *A general history of labyrinths*.

Ashe, ingénieur des Chemins de fer du Sud. Sa vie durant, il souffrit d'irréalité, comme tant d'Anglais ; mort, il n'est même plus le fantôme qu'il était déjà alors. Il était grand et dégoûté, sa barbe rectangulaire fatiguée avait été rousse. Je crois qu'il était veuf, sans enfants. Tous les trois ou quatre ans il allait en Angleterre : pour visiter (j'en juge d'après des photographies qu'il nous a montrées) un cadran solaire et quelques chênes. Mon père s'était lié avec lui (le verbe est excessif) d'une de ces amitiés anglaises qui commencent par exclure la confidence et qui bientôt omettent le dialogue. Ils avaient pris l'habitude d'échanger des livres et des journaux et de s'affronter aux échecs, sans mot dire... Je me le rappelle dans le couloir de l'hôtel, un livre de mathématiques à la main, regardant parfois les couleurs irrécupérables du ciel. Un après-midi, nous parlâmes du système duodécimal de numération (dans lequel douze s'écrit 10). Ashe dit qu'il était précisément en train de traduire je ne sais quelles tables duodécimales en tables sexagésimales (dans lesquelles soixante s'écrit 10). Il ajouta que ce travail lui avait été commandé par un Norvégien, dans le Rio Grande do Sul. Huit ans que nous le connaissions et il n'avait jamais mentionné son séjour dans cette région... Nous parlâmes de vie pastorale, de *capangas*, de l'étymologie brésilienne du mot *gaucho* (que quelques vieux Uruguayens prononcent encore *gaoucho*) et nous ne dîmes rien de plus — Dieu me pardonne — des fonctions duodécimales. En septembre 1937 (nous n'étions pas à l'hôtel) Herbert Ashe mourut de la rupture d'un anévrisme. Quelques jours auparavant, il avait reçu du Brésil un paquet cacheté et recommandé. C'était un grand in-octavo. Ashe le laissa au bar où — plusieurs mois après — je le trouvai. Je me mis à le feuilleter et j'éprouvai un vertige étonné et léger que je ne décrirai pas, parce

qu'il ne s'agit pas de l'histoire de mes émotions, mais
d'Uqbar, de Tlön et d'Orbis Tertius. Au cours d'une
nuit de l'Islam qu'on appelle la Nuit des Nuits, les
portes secrètes du ciel s'ouvrent toutes grandes et
l'eau est plus douce dans les cruches ; si ces portes
s'ouvraient, je n'éprouverais pas ce que j'éprouvai ce
jour-là. Le livre était rédigé en anglais et comprenait
1 001 pages. Sur le dos en cuir jaune je lus ces mots
curieux que reproduisait le frontispice : *A first Encyclopœdia of Tlön. Volu. XI. Hlaer to Jangr.* Il n'y avait
aucune indication de date ni de lieu. A la première
page et sur une feuille de papier de soie qui recouvrait
une des planches en couleurs était imprimé un ovale
bleu avec cette inscription : *Orbis Tertius.* Deux ans
auparavant j'avais découvert dans un volume d'une
certaine encyclopédie faite par des écumeurs des
lettres la description sommaire d'un faux pays ; à
présent le hasard me procurait quelque chose de plus
précieux et de plus ardu. A présent j'avais sous la
main un vaste fragment méthodique de l'histoire
totale d'une planète inconnue, avec ses architectures
et ses querelles, avec la frayeur de ses mythologies et
la rumeur de ses langues, avec ses empereurs et ses
mers, avec ses minéraux et ses oiseaux et ses poissons,
avec son algèbre et son feu, avec ses controverses
théologiques et métaphysiques. Tout cela articulé,
cohérent, sans aucune visible intention doctrinale ou
parodique.

Dans le XIᵉ tome dont je parle, il y a des allusions à
des volumes ultérieurs et précédents. Ibarra, dans un
article déjà classique de la N.R.F., a nié l'existence de
ces à-côtés. Ezequiel Martinez Estrada et Drieu la
Rochelle ont réfuté, peut-être victorieusement, ce
doute. Le fait est que jusqu'à présent les enquêtes les
plus diligentes ont été stériles. C'est en vain que nous
avons bouleversé les bibliothèques des deux Améri-

ques et d'Europe. Alfonso Reyes, excédé de ces fatigues subalternes de caractère policier, propose qu'à
nous tous nous entreprenions le travail de reconstituer *ex ungue leonem* les tomes nombreux et massifs
qui manquent. Il estime, sérieux et badin à la fois,
qu'une génération de *tlönistes* peut y suffire. Ce calcul
hasardeux nous ramène au problème fondamental :
Quels furent les inventeurs de Tlön ? Le pluriel est
inévitable, car l'hypothèse d'un seul inventeur — d'un
Leibniz infini travaillant dans les ténèbres et dans la
modestie — a été écartée à l'unanimité. On conjecture
que ce *brave new world* est l'œuvre d'une société
secrète d'astronomes, de biologues, d'ingénieurs, de
métaphysiciens, de poètes, de chimistes, d'algébristes,
de moralistes, de peintres, de géomètres... dirigés par
un obscur homme de génie. Les individus qui domi-
nent ces disciplines diverses abondent, mais non les
hommes capables d'invention et moins encore ceux
qui sont capables de subordonner l'invention à un
plan systématique rigoureux. Ce plan est si vaste que
la contribution de chaque écrivain est infinitésimale.
Au début, on crut que Tlön était un pur chaos, une
irresponsable licence de l'imagination ; on sait maintenant que c'est un cosmos, et les lois intimes qui le
régissent ont été formulées, du moins provisoirement.
Qu'il me suffise de rappeler que l'ordre observé dans
le XIe tome est si lucide et si juste que les contradictions apparentes de ce volume sont la pierre fondamentale de la preuve que les autres existent. Les
revues populaires ont divulgué, avec un excès pardon-
nable, la zoologie et la topographie de Tlön ; je pense
que ses tigres transparents et ses tours de sang ne
méritent pas, peut-être, l'attention continuelle de *tous*
les hommes. J'ose demander quelques minutes pour
exposer sa conception de l'univers.

Hume nota pour toujours que les arguments de

Berkeley n'admettaient pas la moindre réplique et
n'entraînaient pas la moindre conviction. Cette opinion est tout à fait juste quand on l'applique à la
terre ; tout à fait fausse dans Tlön. Les peuples de cette
planète sont — congénitalement — idéalistes. Leur
langage et les dérivations de celui-ci — la religion, les
lettres, la métaphysique — présupposent l'idéalisme.
Pour eux, le monde n'est pas une réunion d'objets
dans l'espace ; c'est une série hétérogène d'actes indé-
pendants. Il est successif, temporel, non spatial. Il n'y
a pas de substantifs dans la conjecturale *Ursprache* de
Tlön, d'où proviennent les langues « actuelles » et les
dialectes : il y a des verbes impersonnels, qualifiés par
des suffixes (ou des préfixes) monosyllabiques à valeur
adverbiale. Par exemple : il n'y a pas de mot qui
corresponde au mot *lune,* mais il y a un verbe qui
serait en français *lunescer* ou *luner. La lune surgit sur le
fleuve* se dit *hlör u fang axaxaxas mlö* soit, dans
l'ordre : vers le haut (*upward*) après une fluctuation
persistante, il luna. (Xul Solar traduit brièvement : il
hop-après-fluence-luna. *Upward, behind the onstrea-
ming it mooned.*)

Ce qui précède se rapporte aux langues de l'hémisphère austral. Pour celles de l'hémisphère boréal (sur
l'*Ursprache* duquel il y a fort peu de renseignements
dans le XIe tome) la cellule primordiale n'est pas le
verbe, mais l'adjectif monosyllabique. Le substantif
est formé par une accumulation d'adjectifs. On ne dit
pas *lune,* mais *aérien-clair-sur-rond-obscur* ou *orangé-
ténu-du-ciel* ou n'importe quelle autre association.
Dans le cas choisi, la masse d'adjectifs correspond à
un objet réel ; le fait est purement fortuit. Dans la
littérature de cet hémisphère (comme dans le monde
subsistant de Meinong) abondent les objets idéaux,
convoqués et dissous en un moment, suivant les
besoins poétiques. Ils sont quelquefois déterminés par

la pure simultanéité. Il y a des objets composés de deux termes, l'un de caractère visuel et l'autre auditif : la couleur de l'aurore et le cri lointain d'un oiseau. Il y en a composés de nombreux termes : le soleil et l'eau contre la poitrine du nageur, le rose vague et frémissant que l'on voit les yeux fermés, la sensation de quelqu'un se laissant emporter par un fleuve et aussi par le rêve. Ces objets au second degré peuvent se combiner à d'autres ; le processus, au moyen de certaines abréviations, est pratiquement infini. Il y a des poèmes fameux composés d'un seul mot énorme. Ce mot intègre un *objet poétique* créé par l'auteur. Le fait que personne ne croit à la réalité des substantifs rend, paradoxalement, leur nombre interminable. Les langues de l'hémisphère boréal de Tlön possèdent tous les noms des langues indo-européennes — et bien d'autres encore.

Il n'est pas exagéré d'affirmer que la culture classique de Tlön comporte une seule discipline : la psychologie. Les autres lui sont subordonnées. J'ai dit que les hommes de cette planète conçoivent l'univers comme une série de processus mentaux, qui ne se développent pas dans l'espace mais successivement dans le temps. Spinoza attribue à son inépuisable divinité les attributs de l'étendue et de la pensée ; personne dans Tlön ne comprendrait la juxtaposition du premier (qui est seulement typique de certains états) et du second — qui est un synonyme parfait du cosmos. Soit dit en d'autres termes : ils ne conçoivent pas que le spatial dure dans le temps. La perception d'une fumée à l'horizon, puis du champ incendié, puis de la cigarette à moitié éteinte qui produisit le feu, est considérée comme un exemple d'association d'idées.

Ce monisme ou idéalisme total annule la science. Expliquer (ou juger) un fait c'est l'unir à un autre ; cet enchaînement, dans Tlön, est un état postérieur du sujet, qui ne peut affecter ou éclairer l'état antérieur. Tout état mental est irréductible : le pur fait de le nommer — *id est*, de le classer — implique une adultération. On pourrait en déduire qu'il n'y a pas de sciences dans Tlön — ni même de raisonnements. La vérité paradoxale est qu'elles existent, en nombre presque innombrable. Pour les philosophies il en est de même que pour les substantifs dans l'hémisphère boréal. Le fait que toute philosophie soit *a priori* un jeu dialectique, une *Philosophie des Als Ob*, a contribué à les multiplier. Les systèmes incroyables abondent, mais ils ont une architecture agréable ou sont de type sensationnel. Les métaphysiciens de Tlön ne cherchent pas la vérité ni même la vraisemblance : ils cherchent l'étonnement. Ils jugent que la métaphysique est une branche de la littérature fantastique. Ils savent qu'un système n'est pas autre chose que la subordination de tous les aspects de l'univers à l'un quelconque d'entre eux. La phrase *tous les aspects* doit même être rejetée, car elle suppose l'addition impossible de l'instant présent et des passés. Le pluriel *les passés* n'est pas légitime non plus, car il suppose une autre opération impossible... Une des écoles de Tlön en arrive à nier le temps; elle raisonne ainsi : le présent est indéfini, le futur n'a de réalité qu'en tant qu'espoir présent, le passé n'a de réalité qu'en tant que souvenir présent[1]. Une autre école déclare que *tout le temps* est déjà révolu et que notre vie est à peine le souvenir ou le reflet crépusculaire, et sans doute faussé et mutilé, d'un processus irrécupérable. Une autre, que l'histoire de l'univers — et dans celle-ci nos

---

1. Russell (*The analysis of mind*, 1921, page 159) suppose que la planète a été créée il y a quelques minutes, pourvue d'une humanité qui se « rappelle » un passé illusoire.

vies et le plus ténu détail de nos vies — est le texte que produit un dieu subalterne pour s'entendre avec un démon. Une autre, que l'univers est comparable à ces cryptographies dans lesquelles tous les symboles n'ont pas la même valeur et que seul est vrai ce qui arrive toutes les trois cents nuits. Une autre, que pendant que nous dormons ici, nous sommes éveillés ailleurs et qu'ainsi chaque homme est deux hommes.

Parmi les doctrines de Tlön, aucune n'a mérité autant le scandale que le matérialisme. Quelques penseurs l'ont formulé, avec moins de clarté que de ferveur, comme qui avance un paradoxe. Pour faciliter l'intelligence de cette thèse inconcevable, un hérésiarque du XIᵉ siècle [1] imagina le sophisme des neuf pièces de cuivre. Le renom scandaleux de ce sophisme équivaut dans Tlön à celui des apories éléatiques. De ce « raisonnement spécieux » il existe de nombreuses versions, qui font varier le nombre des pièces et le nombre de fois qu'elles furent trouvées; voici la plus commune :

Le mardi, X traverse un chemin désert et perd neuf pièces de cuivre. Le jeudi, Y trouve sur le chemin quatre pièces, un peu rouillées par la pluie du mercredi. Le vendredi, Z découvre trois pièces sur le chemin. Le vendredi matin, X trouve deux pièces dans le couloir de sa maison. L'hérésiarque voulait déduire de cette histoire la réalité — *id est*, la continuité — des neuf pièces récupérées. *Il est absurde* (affirmait-il) *d'imaginer que quatre des pièces n'ont pas existé entre le mardi et le jeudi, trois entre le mardi et l'après-midi du vendredi, deux entre le mardi et le matin du vendredi. Il est logique de penser qu'elles ont existé — du moins secrètement, d'une façon incompréhensible pour les*

---

1. Siècle, d'accord avec le système duodécimal, signifie une période de cent quarante quatre ans.

hommes — pendant tous les instants de ces trois délais.

Le langage de Tlön se refusait à formuler ce paradoxe ; la plupart ne le comprirent pas. Les défenseurs du sens commun se bornèrent, au début, à nier la vériacité de l'anecdote. Ils répétèrent que c'était une duperie verbale, fondée sur l'emploi téméraire de deux néologismes, non autorisés par l'usage et étrangers à toute pensée sérieuse : les verbes *trouver* et *perdre*, qui comportaient une pétition de principe, parce qu'ils présupposaient l'identité des neuf premières pièces et des dernières. Ils rappelèrent que tout substantif (homme, pièce, jeudi, mercredi, pluie) n'a qu'une valeur métaphorique. Ils dénoncèrent la circonstance perfide : *un peu rouillées par la pluie du mercredi*, qui présuppose ce qu'il s'agit de démontrer : la persistance des quatre pièces, entre le jeudi et le mardi. Ils expliquèrent que l'*égalité* est une chose et que l'*identité* en est une autre et ils formulèrent une sorte de *reductio ad absurdum*, soit le cas hypothétique de neuf hommes qui au cours de neuf nuits successives souffrent d'une vive douleur. Ne serait-il pas ridicule — interrogèrent-ils — de prétendre que cette douleur est la même [1] ? Ils dirent que l'hérésiarque n'était mu que par le dessein blasphématoire d'attribuer la divine catégorie *d'être* à de simples pièces et que tantôt il niait la pluralité et tantôt pas. Ils argumentèrent : si l'égalité comporte l'identité, il faudrait aussi admettre que les neuf pièces en sont une seule.

Incroyablement, ces réfutations ne furent pas définitives. Cent ans après que fut énoncé le problème, un

---

1. Aujourd'hui, une des églises de Tlön soutient platoniquement que telle douleur, telle nuance verdâtre du jaune, telle température, tel son constituent la seule réalité. Tous les hommes, au moment vertigineux du coït, sont le même homme. Tous les hommes qui répètent une ligne de Shakespeare, *sont* William Shakespeare.

penseur non moins brillant que l'hérésiarque, mais de tradition orthodoxe, formula une hypothèse très audacieuse. Cette heureuse conjecture affirme qu'il y a un seul sujet, que ce sujet indivisible est chacun des êtres de l'univers et que ceux-ci sont les organes et les masques de la divinité. X est Y et Z. Z découvre trois pièces parce qu'il se rappelle que X les a perdues ; X en trouve deux dans le couloir parce qu'il se rappelle que les autres ont été récupérées... Le XIᵉ tome laisse entendre que trois raisons capitales déterminèrent la victoire totale de ce panthéisme idéaliste. La première, le rejet du solipsisme ; la deuxième, la possibilité de conserver la base psychologique des sciences ; la troisième, la possibilité de conserver le culte des dieux. Schopenhauer (le passionné et lucide Schopenhauer) formula une doctrine fort semblable dans le premier volume de *Parerga und Paralipomena*.

La géométrie de Tlön comprend deux disciplines assez distinctes : la visuelle et la tactile. Cette dernière correspond à la nôtre et on la subordonne à la première. La base de la géométrie visuelle est la surface, non le point. Cette géométrie ignore les parallèles et déclare que l'homme qui se déplace modifie les formes qui l'entourent. La base de son arithmétique est la notion des nombres indéfinis. Les Tlöniens accentuent l'importance des concepts « plus grand » et « plus petit », que nos mathématiciens symbolisent par $>$ et par $<$. Ils affirment que l'opération de compter modifie les quantités et les convertit d'indéfinies en définies. Le fait que plusieurs individus qui comptent une même quantité obtiennent un résultat égal est, pour les psychologues, un exemple d'association d'idées ou de bon entraînement de la mémoire. Nous savons déjà que dans Tlön le sujet de la connaissance est un et éternel.

Dans les habitudes littéraires, l'idée d'un sujet

unique est également toute-puissante. Il est rare que
les livres soient signés. La conception du plagiat
n'existe pas : on a établi que toutes les œuvres sont
l'œuvre d'un seul auteur, qui est intemporel et anonyme. La critique invente habituellement des
auteurs ; elle choisit deux œuvres dissemblables —
disons le Tao Te King et les 1 001 Nuits —, les attribue
à un même écrivain, puis détermine en toute probité
la psychologie de cet intéressant *homme de lettres*[1].

Les livres sont également différents. Ceux qui font
appel à la fiction embrassent un seul argument, avec
toutes les permutations imaginables. Ceux qui sont de
nature philosophique contiennent invariablement la
thèse et l'antithèse, le pour et le contre rigoureux
d'une doctrine. Un livre qui ne contient pas son
contre-livre est considéré comme incomplet.

Des siècles et des siècles d'idéalisme n'ont pas
manqué d'influer sur la réalité. Dans les régions les
plus anciennes de Tlön, le dédoublement d'objets
perdus n'est pas rare. Deux personnes cherchent un
crayon ; la première le trouve et ne dit rien ; la seconde
trouve un deuxième crayon non moins réel, mais plus
conforme à son attente. Ces objets secondaires s'appellent *hrönir* et sont, quoique de forme disgracieuse,
un peu plus longs. Jusqu'à ces derniers temps les
hrönir furent les produits fortuits de la distraction ou
de l'oubli. Il semble invraisemblable que leur produc-
tion méthodique compte à peine cent ans mais c'est ce
que déclare le XIe tome. Les premiers essais furent
stériles. Le *modus operandi* mérite toutefois d'être
rappelé. Le directeur d'une des prisons de l'État
communiqua aux prisonniers que dans l'ancien lit
d'un fleuve il y avait certains sépulcres et promit la
liberté à ceux qui lui apporteraient une trouvaille

1. En français dans le texte.

importante. Pendant les mois qui précédèrent les
fouilles on leur montra des planches photographiques
de ce qu'ils allaient trouver. Ce premier essai prouva
que l'espoir et l'avidité peuvent inhiber ; une semaine
de travail à la pelle et au pic ne réussit pas à exhumer
d'autre *hrön* qu'une roue couverte de rouille, de date
postérieure à l'expérience. Celle-ci fut maintenue
secrète et répétée ensuite dans quatre collèges. Dans
trois l'échec fut presque total ; dans le quatrième
(dont le directeur mourut fortuitement pendant les
premières fouilles) les élèves exhumèrent — ou pro-
duisirent — un masque en or, une épée archaïque,
deux ou trois amphores de terre et le torse verdâtre et
mutilé d'un roi portant sur la poitrine une inscription
qu'on n'a pas encore réussi à déchiffrer. C'est ainsi
qu'on découvrit l'incapacité de témoins qui connaî-
traient la nature expérimentale des recherches... Les
investigations en masse produisent des objets contradictoires ; on préfère maintenant les travaux indivi-
duels et presque improvisés. L'élaboration méthodique des *hrönir* (dit le XIe tome) a rendu des services
prodigieux aux archéologues. Elle a permis d'interroger et même de modifier le passé, qui maintenant
n'est pas moins malléable et docile que l'avenir. Fait
curieux : les *hrönir* au second et au troisième degré —
les *hrönir* dérivés d'un autre *hrön*, les *hrönir* dérivés
du *hrön* d'un *hrön* — exagèrent les aberrations du
premier ; ceux du cinquième sont presque uniformes ;
ceux du neuvième se confondent avec ceux du second ;
dans ceux du onzième il y a une pureté de lignes que
les originaux n'ont pas. Le processus est périodique :
le *hrön* au douzième degré commence déjà à déchoir.
Plus étrange et plus pur que tout *hrön* est parfois le
ur : la chose produite par suggestion, l'objet déduit
par l'espoir. Le grand masque en or que j'ai mentionné en est un exemple illustre.

Dans Tlön les choses se dédoublent ; elles ont aussi une propension à s'effacer et à perdre leurs détails quand les gens les oublient. Classique est l'exemple d'un seuil qui subsista tant qu'un mendiant s'y rendit et que l'on perdit de vue à la mort de celui-ci. Parfois des oiseaux, un cheval, ont sauvé les ruines d'un amphithéâtre.

1940, Salto Oriental.

Post-Scriptum de 1947. — Je reproduis l'article précédent tel qu'il parut dans l'*Anthologie de la littérature fantastique*, 1940, sans autre amputation que quelques métaphores et une sorte de résumé badin qui maintenant est devenu frivole. Tant de choses se sont passées depuis cette date... Je me bornerai à les rappeler.

En mars 1941 on découvrit une lettre manuscrite de Gunnar Erfjord dans un livre de Hinton qui avait appartenu à Herbert Ashe. L'enveloppe portait le cachet d'Ouro Preto ; la lettre élucidait entièrement le mystère de Tlön. Son texte corroborait les hypothèses de Martinez Estrada. C'est au début du XVIIᵉ siècle, une nuit de Lucerne ou de Londres, que la splendide histoire commença. Une société secrète et bénévole (qui parmi ses affiliés compta Dalgarno puis George Berkeley) surgit pour inventer un pays. Dans le vague programme initial figuraient les *études hermétiques*, la philanthropie et la cabale. C'est de cette première époque que date le livre curieux d'Andréä. Après quelques années de conciliabules et de synthèses prématurées on comprit qu'il ne suffisait pas d'une génération pour articuler un pays. On décida que chacun des maîtres qui la composaient choisirait un disciple pour continuer l'œuvre. Cette disposition héréditaire prévalut ; après un hiatus de deux siècles la fraternité poursuivie resurgit en Amérique. Vers 1824, à Memphis (Tennessee) un des affiliés converse avec l'ascétique millionnaire Ezra Buckley. Celui-ci le laisse parler avec un certain dédain — et se moque de la modestie du projet. Il lui dit qu'en Amérique il est absurde d'inventer un pays et il lui propose l'invention d'une planète. A cette idée gigantesque, il en ajoute une autre, issue de son nihilisme[1], à savoir : passer sous silence l'énorme entreprise. Les vingt tomes de l'*Encyclopædia Britanica* circulaient alors ; Buckley suggère une encyclopédie méthodique de la planète illusoire. Il leur abandonnera les cordillères aurifères, les fleuves navigables, les prairies parcourues par les taureaux et les bisons, les nègres, les lupanars et les dollars à une condition : « L'œuvre ne pactisera pas avec l'imposteur Jésus-Christ. » Buckley ne croit pas en Dieu, mais il veut démontrer au Dieu inexistant que les mortels sont capables de concevoir un monde. Buckley est empoisonné à Bâton Rouge en 1828 ; en 1914 la société remet à ses collaborateurs, au nombre de trois cents, le volume final de la Première Encyclopédie de Tlön. L'édition est secrète : les quarante volumes qu'elle comporte (l'œuvre la plus vaste que les hommes aient entreprise) seraient la base d'une autre plus minutieuse, rédigée non plus en anglais, mais dans l'une des langues de Tlön. Cette revision d'un monde illusoire s'appelle provisoirement *Orbis Tertius* et l'un de ses modestes démiurges fut Herbert Ashe, j'ignore si en tant qu'agent de Gunnar Erfjord ou en tant qu'affilié. Le fait qu'il ait reçu un exemplaire du XIe tome plaide en faveur de la seconde hypothèse. Mais, et les autres ? Vers 1942 les faits redoublèrent. Je me rappelle l'un des premiers avec une singulière netteté, et il me semble que j'eus

1. Buckley était libre penseur, fataliste et défenseur de l'esclavage.

un peu le sentiment de son caractère prémonitoire. Il
se produisit dans un appartement de la rue Laprida,
en face d'un balcon clair et élevé qui donnait au
couchant. La princesse de Faucigny Lucinge avait
reçu de Poitiers sa vaisselle d'argent. Du vaste fond
d'une grande caisse bariolée de timbres internatio-
naux sortaient de fines choses immobiles : argenterie
d'Utrecht et de Paris avec une dure faune héraldique,
un samovar. Parmi celles-ci — avec un frémissement
perceptible et léger d'oiseau endormi — palpitait
mystérieusement une boussole. La princesse ne la
reconnut pas. L'aiguille bleue cherchait le nord
magnétique ; les lettres du cadran correspondaient à
un des alphabets de Tlön. Telle fut la première
intrusion du monde fantastique dans le monde réel.
Un hasard qui m'intrigue voulut que je fusse aussi
témoin de la seconde. Elle eut lieu quelques mois plus
tard, dans l'épicerie d'un Brésilien, à la Cuchilla
Negra. Nous revenions de Sant'Anna, Amorim et moi.
Une crue du Tacuarembo nous obligea à expérimenter
(et à supporter) cette hospitalité rudimentaire. L'épi-
cier nous installa des lits de camp craquants dans une
grande pièce encombrée de tonneaux et de peaux.
Nous nous couchâmes, mais nous ne pûmes dormir
avant l'aube à cause de l'ivresse d'un voisin invisible
qui faisait alterner des jurons inextricables et des
rafales de *milongas* — ou plutôt des rafales d'une seule
milonga. Cela va sans dire, nous attribuâmes ces
vociférations persistantes au rhum fougueux du
patron... A l'aube, l'homme était étendu mort dans le
couloir. La dureté de sa voix nous avait abusés :
c'était un jeune homme. Dans son délire, il avait fait
tomber de sa ceinture quelques pièces de monnaie et
un cône de métal brillant, du diamètre d'un dé. C'est
en vain qu'un enfant essaya de ramasser ce cône. Un
homme put à peine le soulever. Je le tins quelques

minutes dans la paume de ma main : je me rappelle que son poids était intolérable et qu'après avoir retiré le cône, la pression demeura. Je me rappelle aussi le cercle précis qu'il m'avait gravé dans la peau. L'évidence d'un objet tout petit et très lourd à la fois laissait une impression désagréable de dégoût et de peur. Un paysan proposa de le jeter dans le fleuve torrentueux ; Amorim en fit l'acquisition moyennant quelques pesos. Personne ne savait rien du mort, sinon « qu'il venait de la frontière ». Ces petits cônes très lourds (faits d'un métal qui n'est pas de ce monde) sont l'image de la divinité dans certaines religions de Tlön.

Je mets fin ici à la partie personnelle de mon récit. Le reste est dans la mémoire (si ce n'est dans l'espoir ou la frayeur) de tous mes lecteurs. Qu'il me suffise de rappeler ou de mentionner les faits suivants, avec une simple brièveté de mots que le souvenir concave général enrichira ou amplifiera. Vers 1944, un chercheur du journal *The American* (de Nashville, Tennessee) exhuma d'une bibliothèque de Memphis les quarante volumes de la Première Encyclopédie de Tlön. On se demande encore aujourd'hui si cette découverte fut fortuite ou si elle fut consentie par les directeurs de l'*Orbis Tertius* encore nébuleux. La seconde hypothèse est vraisemblable. Quelques traits incroyables du XIe tome (par exemple : la multiplication des *hrönir*) ont été éliminés ou atténués dans l'exemplaire de Memphis : il est raisonnable d'imaginer que ces corrections obéissent à l'intention de présenter un monde qui ne soit pas trop incompatible avec le monde réel. La dissémination d'objets de Tlön dans divers pays compléterait ce dessein [1]... Le fait est que la presse

---

1. Il reste, naturellement, le problème de la *matière* de quelques objets.

internationale divulgua à l'infini la « découverte ».
Manuels, anthologies, résumés, versions littérales,
réimpressions autorisées et réimpressions faites par
les écumeurs des lettres de la Grande Œuvre des
Hommes inondèrent et continuent à inonder la terre.
Presque immédiatement, la réalité céda sur plus d'un
point. Certes, elle ne demandait qu'à céder. Il y a dix
ans il suffisait de n'importe quelle symétrie ayant
l'apparence d'ordre — le matérialisme dialectique,
l'antisémitisme, le nazisme — pour ébaubir les
hommes. Comment ne pas se soumettre à Tlön, à la
minutieuse et vaste évidence d'une planète ordonnée ?
Inutile de répondre que la réalité est également
ordonnée. Peut-être l'est-elle, mais suivant des lois
divines — je traduis : des lois humaines — que nous
ne finissons jamais de percevoir. Tlön est peut-être un
labyrinthe, mais un labyrinthe ourdi par des hommes
et destiné à être déchiffré par les hommes.

Le contact et la fréquentation de Tlön ont désinté-
gré ce monde. Enchantée par sa rigueur, l'humanité
oublie et oublie de nouveau qu'il s'agit d'une rigueur
de joueurs d'échecs, non d'anges. Dans les écoles a
déjà pénétré la « langue primitive » (conjecturale) de
Tlön ; déjà l'enseignement de son histoire harmo-
nieuse (et pleine d'épisodes émouvants) a oblitéré
celle qui présida mon enfance ; déjà dans les
mémoires un passé fictif occupe la place d'un autre,
dont nous ne savons rien avec certitude — pas même
qu'il est faux. La numismatique, la pharmacologie et
l'archéologie ont été réformées. Je suppose que la
biologie et les mathématiques attendent aussi leur
avatar... Une dynastie dispersée de solitaires a changé
la face du monde. Sa tâche se poursuit. Si nos
prévisions sont exactes, d'ici cent ans quelqu'un
découvrira les cent tomes de la Seconde Encyclopédie
de Tlön.

Alors l'Anglais, le Français et l'Espagnol lui-même disparaîtront de la planète. Le monde sera Tlön. Je ne m'en soucie guère, je continue à revoir, pendant les jours tranquilles de l'hôtel d'Adrogué, une indécise traduction quévédienne (que je ne pense pas donner à l'impression) de l' « Urn Burial » de Browne.

Traduction P. Verdevoye.

L'APPROCHE D'ALMOTASIM

Philip Guedalla écrit que le roman *The Approach to Al-Mu'tasim* de l'avocat Mir Bahadur Ali, de Bombay, « est une combinaison quelque peu fastidieuse *(a rather uncomfortable combination)* de ces poèmes allégoriques de l'Islam qui manquent rarement d'intéresser leur traducteur et de ces romans policiers qui inévitablement dépassent John H. Watson et vont perfectionnant l'horreur de la vie humaine au cœur des plus irréprochables pensions de Brighton ». Auparavant, Mr. Cecil Roberts avait dénoncé dans le livre de Bahadur « la double et invraisemblable tutelle de Wilkie Collins et de l'illustre Persan du XIIe siècle, Ferid Eddin Attar » — paisible remarque que Guedalla reprend sans nouveauté, mais dans un dialecte rageur. Essentiellement, les deux écrivains concordent : l'un et l'autre signalent le mécanisme policier de l'ouvrage, et son *undercurrent* mystique. Ce métissage pourrait nous faire imaginer quelque parenté avec Chesterton ; il n'y a rien de tel, nous allons le voir.

L'édition princeps de l'*Approche* parut à Bombay, vers la fin de 1932. Le papier était à peu près du papier journal ; la couverture avertissait le lecteur qu'il s'agissait du premier roman policier écrit par un natif

2

de Bombay City. En peu de mois, le public épuisa quatre éditions de mille. La *Bombay Quarterly Review*, la *Bombay Gazette*, la *Calcutta Review*, la *Hindustan Review* (d'Allahabad) et le *Calcutta Englishman* dispensèrent son dithyrambe. Bahadur publia alors une édition illustrée qu'il appela *The Conversation with the man called Al-mu'tasim*, avec ce beau sous-titre : *A game with shifting mirrors* (un jeu de miroirs en mouvement). Cette édition est celle que vient de reproduire à Londres Victor Gollancz, qui a confié la préface à Dorothy L. Sayers, et omis — par miséricorde vraisemblablement — les illustrations. C'est cette édition que j'ai sous les yeux ; je n'ai pu mettre la main sur la première, que la lecture d'un appendice résumant ses différences fondamentales avec celle de 1934 m'autorise à pressentir très supérieure. Avant d'examiner et de discuter ces différences, j'indiquerai le cours général de l'ouvrage.

Son héros visible — on ne nous dit jamais son nom — est un étudiant en droit de Bombay. Il renie et blasphème la foi islamique de ses pères. Mais la dixième nuit de la lune de Muharram, il se trouve soudain au cœur d'un tumulte civil entre musulmans et hindous. C'est une nuit de tambours et d'invocations : parmi la foule ennemie, les grandes bannières en papier de la procession musulmane se font un passage. Soudain d'un toit hindou vole une brique ; quelqu'un enfonce un poignard dans un ventre ; quelqu'un, est-ce un musulman ou un hindou, meurt piétiné. Trois mille hommes se battent : gourdin contre revolver, obscénité contre imprécation, Dieu l'Indivis contre les Dieux. Stupéfait, l'étudiant libre-penseur entre dans l'émeute. Le désespoir aux mains, il tue — ou croit tuer — un hindou. Tonitruante, équestre, mal réveillée, la police du Çirkar intervient à grands coups de cravache impartiale. L'étudiant réussit à fuir, presque sous les sabots des chevaux. Il gagne les banlieues dernières. Il traverse deux voies, ou deux fois la même voie. Il escalade le mur d'un jardin désordonné, avec une tour circulaire au fond. Une meute de chiens couleur de lune *(a lean and evil mob of moon-coloured hounds)* jaillit des rosiers noirs. Traqué, l'étudiant cherche refuge dans la tour. Il gravit une échelle en fer — quelques marches manquent — et sur la terrasse, où il y a un puits, il trouve un homme blême en train d'uriner vigoureusement, accroupi sous la lune. Cet homme lui confie que son métier est de voler les dents en or des cadavres costumés de blanc que les parsis viennent déposer dans la tour. Il dit d'autres choses viles et mentionne qu'il y a quatorze nuits qu'il ne s'est pas purifié avec de la bouse de buffle. Il parle avec une rancune manifeste de certains voleurs de chevaux de Gugerat, « mangeurs de chiens et de lézards, hommes tout compte fait aussi infâmes que vous et moi ». Dans le jour qui point il y a un vol bas de gras vautours. L'étudiant anéanti s'endort ; quand il se réveille, sous le soleil déjà haut, le voleur a disparu. Ont disparu aussi une couple de cigares de Trichinopoly et quelques roupies d'argent. Devant les menaces de la nuit précédente, l'étudiant décide de s'enfoncer dans l'Inde et de s'y perdre. Il pense qu'il s'est montré capable de tuer un idolâtre, mais non de savoir avec certitude si le musulman a raison plutôt que l'idolâtre. Le nom de Gugerat ne l'abandonne pas, ni celui d'une *malka-sansi* (femme de la caste des brigands) qui habite à Palampur, objet de prédilection pour les injures et la haine du dépouilleur de cadavres. Il fait réflexion que le ressentiment d'un homme aussi minutieusement ignoble équivaut à un hommage. Il décide, sans trop d'espoir, de la chercher. Il prie, et entreprend avec une sûre lenteur le long chemin. Ici finit le deuxième chapitre de l'ouvrage.

Impossible de retracer les péripéties des dix-neuf chapitres suivants. Il y a une vertigineuse pullulation de personnages — pour ne pas parler d'une biographie qui semble épuiser les mouvements de l'esprit humain (depuis l'infamie jusqu'à la spéculation mathématique), ni d'un pèlerinage qui embrasse la vaste géographie de l'Hindoustan. L'histoire commencée à Bombay se poursuit dans les basses terres de Palampur, s'attarde un soir et une nuit devant la porte de pierre de Bikanir, raconte la mort d'un astrologue aveugle dans un égout de Bénarès, conspire dans le palais multiforme de Katmandou, prie et fornique dans la puanteur pestilentielle du Machua Bazar de Calcutta, regarde naître les jours sur la mer des fenêtres d'une étude de notaire de Madras, regarde mourir les soirs sur la mer du haut d'un balcon dans l'État de Travancore, hésite et tue à Indapur et ferme son orbite de lieues et d'années dans le même Bombay, à peu de pas du jardin aux chiens couleur de lune. Voici le sujet : un homme, l'étudiant incrédule et fugitif que nous connaissons, tombe parmi des gens de la plus vile espèce et s'applique à les égaler, en une sorte de tournoi d'infamies. Soudain, avec la miraculeuse épouvante de Robinson devant la trace d'un pied d'homme dans le sable, il perçoit quelque adoucissement de cette infamie : une tendresse, une exaltation, un silence, chez l'un de ces hommes détestables. « Ce fut comme si dans le dialogue venait d'entrer en tiers un interlocuteur plus complexe. » Il est sûr que l'homme vil qui lui parle est incapable de cet honneur momentané : c'est sans doute qu'à cet instant il a reflété un ami, ou l'ami d'un ami. Considérant à nouveau le problème, l'étudiant arrive à cette conviction mystérieuse : *Quelque part sur la terre il y a un homme d'où procède cette clarté ; quelque part sur la terre il y a l'homme qui est pareil à cette clarté.* Cet homme, il décide de consacrer sa vie à le trouver.

On entrevoit déjà le sujet général : l'insatiable recherche d'une âme à travers les reflets délicats qu'elle a laissés sur d'autres âmes : d'abord la trace ténue d'un sourire ou d'un mot ; vers la fin, les splendeurs diverses et croissantes de la raison, de l'imagination et du bien. A mesure que les hommes interrogés ont connu de plus près Almotasim, leur portion de divinité est plus grande ; il est entendu cependant qu'ils ne sont que des miroirs. En termes mathématiques, le dense roman de Bahadur est une progression ascendante dont le terme final est « l'homme qui s'appelle Almotasim ». Juste avant Almotasim, il y a un libraire persan qui vit dans la perfection de la politesse et du bonheur ; immédiatement avant ce libraire, il y a un saint... Au terme de longues années, l'étudiant parvient à une galerie « au fond de quoi il y a une porte et une natte bon marché avec beaucoup de perles de couleur et, derrière, un rayonnement ». L'étudiant frappe dans ses mains une et deux fois et demande Almotasim. Une voix d'homme — l'incroyable voix d'Almotasim — l'invite à entrer. L'étudiant écarte le rideau et avance. Ici finit le roman.

Si je ne me trompe, la bonne exécution d'une entreprise de ce genre impose à l'écrivain deux obligations : d'abord, l'invention abondante et variée de détails prophétiques ; ensuite, le souci que le héros préfiguré par ces traits ne soit pas une simple convention, un fantôme. Bahadur satisfait à la première ; à la deuxième, je ne sais jusqu'à quel point. En d'autres termes : l'inouï et jamais vu Almotasim devrait nous laisser l'impression d'un caractère réel, non pas celle d'un désordre de superlatifs insipides. Dans la version de 1932, les notations surnaturelles sont rares : « l'homme nommé Almotasim » a sa part de symbole, mais il ne manque pas d'idiosyncrasie, de traits personnels. Malheureusement, cette bonne conduite littéraire fut de peu de durée. Dans la version de 1934 — celle que j'ai sous les yeux — le roman sombre dans l'allégorie : Almotasim est l'emblème de Dieu, et les itinéraires précis du héros traduisent de quelque façon les progrès de l'âme dans l'ascension mystique. De menues circonstances sont affligeantes : un juif noir de Cochin qui parle d'Almotasim dit que sa peau est sombre ; un chrétien le décrit sur une tour, les bras ouverts ; un lama rouge l'évoque assis, « semblable à cette image en beurre de yack que j'ai modelée et adorée dans le monastère de Tachilumpo ». Ces témoignages cherchent à insinuer le concept d'un Dieu unitaire capable de s'ajuster aux inégalités humaines. Idée peu stimulante, à mon avis. Je n'en dis pas autant de cette autre : la conjecture que le Tout-Puissant lui-même est à la recherche de Quelqu'un, et ce Quelqu'un de Quelqu'un de supérieur (ou simplement d'égal, mais d'indispensable) et ainsi de suite jusqu'à la Fin, ou mieux à la Sans-fin, du Temps, ou en forme cyclique. Almotasim — nom de ce huitième Abbâsside qui gagna huit batailles, engendra huit garçons et huit filles, laissa huit mille esclaves et régna huit ans, huit lunes et huit jours) veut dire étymologiquement le *Chercheur de Soutien*. Dans la version de 1932, le fait que l'objet du pèlerinage fût lui-même un pèlerin justifiait de façon opportune la difficulté de le trouver ; dans celle de 1934, il donne lieu à la théologie extravagante que j'ai indiquée. Nous voyons par là que Mir Bahadur Ali est incapable de se soustraire à la plus grossière des tentations de l'art, celle de jouer au génie.

Je relis ce qui précède et je crains de ne pas avoir

suffisamment souligné les vertus de l'ouvrage. J'y trouve des traits assez civilisés ; par exemple, certaine discussion du chapitre dix-neuf où l'on pressent l'approche d'Almotasim chez un contendant qui ne réfute pas les sophismes de son adversaire « pour ne pas avoir raison d'une façon triomphale ».

*

Il est entendu qu'un livre actuel s'honore de dériver d'un livre ancien ; personne, Johnson l'observait, n'aime devoir quoi que ce soit à ses contemporains. Certains contacts réitérés, mais insignifiants, de l'*Ulysse* de Joyce avec l'Odyssée homérique continuent à écouter — je ne saurai jamais pourquoi — l'admiration étourdie de la critique ; les rapports entre le roman de Bahadur et le vénérable *Colloque des Oiseaux* de Farid Uddin Attar connaissent le non moins mystérieux applaudissement de Londres, et même d'Allahabad et de Calcutta. D'autres dérivations ont été relevées. Il s'est trouvé un inquisiteur pour énumérer les analogies entre la première scène du roman et le récit de Kipling *On the City Wall* ; Bahadur admet ces analogies, mais allègue qu'il serait fort anormal que deux peintures de la dixième nuit de Muharram n'eussent pas de points communs. Eliot, avec plus de justice, rappelle les soixante-dix chants de l'allégorie inachevée *The Faërie Queene*, où pas une fois ne paraît l'héroïne Gloriana, comme le fait sévèrement observer Richard William Church (Spencer, 1879). En toute humilité, je puis moi-même signaler un possible et lointain précurseur : le cabaliste de Jérusalem Isaac Luria, qui au XVIe siècle soutint et répandit l'idée que l'âme d'un ancêtre ou d'un maître peut pénétrer dans l'âme d'un malheureux pour le réconforter ou l'instruire. *Ibbür* est le nom de cette variété de la métempsycose[1].

Traduction Ibarra.

1. Dans le cours de cette note, j'ai mentionné le *Mantiq-al-Tayr* (Colloque des oiseaux) du mystique persan Farid-al-Din Abu Talif Muhammad ibn Ibrahim Attar, mis à mort par les soldats de Tule, fils de Gengis Khan, quand Nishapur fut rasé. Il peut ne pas être sans intérêt de résumer le poème. Le légendaire roi des oiseaux, le Simurg, laisse tomber au centre de la Chine une plume splendide; les oiseaux décident de la chercher pour en finir avec leur ancienne anarchie. Ils savent que son alcazar se trouve dans le Kaf, la montagne circulaire qui entoure la terre. Ils se lancent dans cette aventure quasi infinie : ils dépassent sept vallées ou sept mers; l'avant-dernière a nom Vertige, la dernière Anéantissement. Beaucoup de pèlerins désertent; d'autres périssent. Trente seulement, purifiés par leurs travaux, mettent le pied sur la montagne du Simurg. Ils lèvent enfin les yeux et ont la révélation qu'ils sont eux-mêmes le Simurg, et que le Simurg est chacun d'eux et tous. (Une semblable extension paradisiaque du principe d'identité se trouve chez Plotin (*Ennéales*, V, 8, 4) : *Tout, dans le ciel intelligible, est partout. N'importe quoi est tout. Le soleil est toutes les étoiles, et chaque étoile est toutes les étoiles et le soleil.*) Le *Mantiq-al-Tayr* a été traduit en français par Garcin de Tassy, en anglais par Edward Fitz-Gerald; j'ai consulté pour cette note le dixième tome des *Mille et Une Nuits* de Burton et la monographie de Margaret Smith *The Persian mystics : Attar* (1932).

Les contacts de ce poème avec le roman de Mir Bahadur ne sont pas excessifs. Au vingtième chapitre, certaines paroles attribuées par un libraire persan à Almotasim sont peut-être l'amplification d'autres paroles prononcées par le héros; cette analogie et d'autres du même genre peuvent signifier l'identité du cherché et du chercheur; elles peuvent aussi vouloir traduire une influence de celui-ci sur celui-là. Un autre chapitre suggère qu'Almotasim pourrait être l' « hindou » que l'étudiant croit avoir tué.

PIERRE MÉNARD,
AUTEUR DU QUICHOTTE

A Silvina Ocampo.

L'œuvre *visible* qu'a laissée ce romancier peut être facilement et brièvement passée en revue. Impardonnables par conséquent sont les omissions et les additions perpétrées par madame Henri Bachelier dans un catalogue fallacieux qu'un certain journal — dont la tendance *protestante* n'est pas un secret — a irrespectueusement infligé à ses déplorables lecteurs — d'ailleurs en petit nombre et calvinistes, sinon francs-maçons et circoncis. Les amis authentiques de Ménard ont vu ce catalogue avec inquiétude et même avec une certaine tristesse. Hier, pour ainsi dire, nous nous réunissions devant le marbre final, sous les cyprès funestes, et déjà l'Erreur essaye de ternir sa Mémoire... Décidément, une brève rectification s'impose.

Je sais qu'il est très facile de récuser ma pauvre autorité. J'espère pourtant qu'on ne m'interdira pas de citer deux hauts témoignages. La baronne de Bacourt (au cours des *vendredis* [1] inoubliables de qui

1. En français dans le texte.

j'eus l'honneur de connaître le regretté poète) a bien voulu approuver les lignes qui suivent. La comtesse de Bagnoregio, un des esprits les plus fins de la principauté de Monaco (et maintenant de Pittsburg, de Pennsylvanie, depuis son récent mariage avec le philanthrope international Simon Kautzch) si calomnié, hélas, par les victimes de ses manœuvres désintéressées, a sacrifié « à la véracité et à la mort » (ce sont ses propres termes) la réserve princière qui la caractérise, et, dans une lettre ouverte publiée par la revue *Luxe*, m'accorde également son approbation. Ces titres de noblesse, je pense, ne sont pas insuffisants.

J'ai dit que l'œuvre *visible* de Ménard peut être facilement dénombrée. Après avoir examiné soigneusement ses archives particulières, j'ai constaté qu'elles comprennent les pièces suivantes :

a) Un sonnet symboliste qui parut deux fois (avec des variantes) dans la revue *La conque* (numéros de mars et d'octobre 1899).

b) Une monographie sur la possibilité de constituer un vocabulaire poétique de concepts qui ne seraient pas des synonymes ou des périphrases de ceux qui forment le langage courant, « mais des objets idéaux de convention destinés essentiellement aux besoins poétiques » (Nîmes, 1901).

c) Une monographie sur « certains rapports ou certaines affinités » entre la pensée de Descartes, de Leibniz et de John Wilkins (Nîmes, 1903).

d) Une monographie sur la *Characteristica universalis* de Leibniz (Nîmes, 1904).

e) Un article technique sur la possibilité d'enrichir le jeu d'échecs en éliminant un des pions de la tour. Ménard propose, recommande, discute et finit par rejeter cette innovation.

f) Une monographie sur l'*Ars magna generalis* de Raymond Lulle (Nîmes, 1906).

g) Une traduction avec prologue et notes du *Livre de l'invention libérale et art du jeu d'échecs* de Ruy Lopez de Segura (Paris, 1907).

h) Les brouillons d'une monographie sur la logique symbolique de George Boole.

i) Un examen des lois métriques essentielles de la prose française, illustré d'exemples tirés de Saint-Simon (*Revue des langues romanes*, Montpellier, décembre 1909).

j) Une réplique à Luc Durtain (qui avait nié l'existence desdites lois) illustrée d'exemples tirés de Luc Durtain (*Revue des langues romanes*, Montpellier, décembre 1909).

k) Une traduction manuscrite de *la Aguja de navegar cultos* de Quevedo, intitulée *La boussole des précieux*.

l) Une préface au catalogue de l'exposition de lithographies de Carolus Hourcade (Nîmes, 1914).

m) L'ouvrage *Les problèmes d'un problème*[1] (Paris, 1917) qui discute, dans l'ordre chronologique, les solutions du fameux problème d'Achille et de la tortue. Deux éditions de ce livre ont paru jusqu'à présent; la deuxième porte en épigraphe le conseil de Leibniz : « Ne craignez point, Monsieur, la tortue », et renouvelle les chapitres consacrés à Russell et à Descartes.

n) Une analyse obstinée des « coutumes syntaxiques » de Toulet (N.R.F., mars 1921). Ménard, je me rappelle, déclarait que blâmer et faire l'éloge sont des opérations sentimentales qui n'ont rien à voir avec la critique.

o) Une transposition en alexandrins du *Cimetière marin* de Paul Valéry (N.R.F., janvier 1928).

1. En français dans le texte.

p) Une invective contre Paul Valéry, dans les *Feuilles pour la suppression de la réalité* de Jacques Reboul. (Cette invective, soit dit entre parenthèses, est l'exact opposé de sa véritable opinion sur Valéry. C'est bien ainsi que celui-ci le comprit et l'amitié ancienne de tous deux ne courut aucun danger.)

q) Une « définition » de la comtesse de Bagnoregio, dans « le volume victorieux » — la locution est d'un autre collaborateur, Gabriele d'Annunzio — que cette dame publie annuellement pour rectifier les inévitables mensonges du journalisme et présenter « au monde et à l'Italie » un portrait authentique de sa personne, si exposée (en raison même de sa beauté et de son activité) à des interprétations erronées ou hâtives.

r) Un cycle d'admirables sonnets pour la baronne de Bacourt (1934).

s) Une liste manuscrite de vers qui doivent leur efficacité à la ponctuation[1].

Voilà (sans autre omission que quelques vagues sonnets de circonstance pour l'album hospitalier, ou avide, de madame Henri Bachelier) l'œuvre *visible* de Ménard, dans l'ordre chronologique. Je passe maintenant à l'autre : la souterraine, l'interminablement héroïque, la sans pareille. Également, hélas, — pauvres possibilités humaines — l'inachevée. Cette œuvre, peut-être la plus significative de notre temps, se compose des chapitres IX et XXXVIII de la première partie du Don Quichotte et d'un fragment du

1. Madame Henri Bachelier dénombre aussi une version littérale de la version littérale que fit Quevedo de l'*Introduction à la vie dévote* de Saint François de Sales. Il n'y a pas trace de cet ouvrage dans la bibliothèque de Pierre Ménard. Il doit s'agir d'une plaisanterie mal entendue de notre ami.

chapitre XXII. Je sais qu'une telle affirmation a tout l'air d'une absurdité ; justifier cette « absurdité » est le but principal de cette note [1].

Deux textes de valeur inégale m'ont inspiré cette entreprise. L'un est ce fragment philologique de Novalis — celui qui porte le numéro 2 005 dans l'édition de Dresde — qui ébauche le thème de la *totale* identification avec un auteur déterminé. L'autre est un de ces livres parasitaires qui situent le Christ sur un boulevard, Hamlet sur la Canebière ou Don Quichotte à Wall Street. Comme tout homme de bon goût, Ménard avait horreur de ces mascarades inutiles, tout juste bonnes — disait-il — à procurer le plaisir plébéien de l'anachronisme ou (ce qui est pire) à nous ébaubir avec l'idée primaire que toutes les époques sont semblables ou différentes. Plus intéressant, bien que présentant des contradictions et réalisé superficiellement, lui semblait le fameux dessein de Daudet : conjuguer en *une* figure, c'est-à-dire Tartarin, l'Ingénieux Hidalgo et son écuyer... Ceux qui ont insinué que Ménard a consacré sa vie à écrire un Quichotte contemporain, ont calomnié sa claire mémoire.

Il ne voulait pas composer un autre Quichotte — ce qui est facile — mais *le Quichotte*. Inutile d'ajouter qu'il n'envisagea jamais une transcription mécanique de l'original ; il ne se proposait pas de le copier. Son admirable ambition était de reproduire quelques pages qui coïncideraient — mot à mot et ligne à ligne — avec celles de Miguel de Cervantès.

« Mon dessein est purement stupéfiant, m'écrivit-il de Bayonne le 30 septembre 1934. Le terme final d'une

1. J'ai eu aussi l'intention secondaire d'esquisser le portrait de Pierre Ménard. Mais, comment avoir l'audace de rivaliser avec les pages d'or que — me dit-on — prépare la baronne de Bacourt ou avec le crayon délicat et précis de Carolus Hourcade ?

démonstration théologique ou métaphysique — le monde extérieur, Dieu, la causalité, les formes universelles — n'est pas moins antérieur et commun que mon roman divulgué. La seule différence est que les philosophes publient dans des volumes agréables les étapes intermédiaires de leur travail et que, moi, j'ai décidé de les perdre. » Effectivement, il ne subsiste pas un seul brouillon qui témoigne de ce travail de plusieurs années.

La méthode initiale qu'il imagina était relativement simple. Bien connaître l'espagnol, retrouver la foi catholique, guerroyer contre les Maures ou contre le Turc, oublier l'histoire de l'Europe entre les années 1602 et 1918, *être* Miguel de Cervantès. Pierre Ménard étudia ce procédé (je sais qu'il réussit à manier assez fidèlement l'espagnol du XVIIe siècle) mais il l'écarta, le trouvant trop facile. Plutôt impossible, dira le lecteur. D'accord, mais l'entreprise était *a priori* impossible, et de tous les moyens impossibles pour la mener à bonne fin, celui-ci était le moins intéressant. Être au XXe siècle un romancier populaire du XVIIe lui sembla une diminution. Être, en quelque sorte, Cervantès et arriver au Quichotte lui sembla moins ardu — par conséquent moins intéressant — que continuer à être Pierre Ménard et arriver au Quichotte à travers les expériences de Pierre Ménard. (Cette conviction, soit dit en passant, lui fit exclure le prologue autobiographique de la deuxième partie du *Don Quichotte*. Inclure ce prologue c'était créer un autre personnage — Cervantès — mais c'était aussi présenter le Quichotte en fonction de ce personnage et non de Ménard ; naturellement, celui-ci ne voulut pas de cette facilité.) « Mon entreprise n'est pas essentiellement difficile », lis-je ailleurs dans sa lettre. « Il me suffirait d'être immortel pour la mener jusqu'au bout. » Avouerai-je que je m'imagine souvent qu'il a réussi et que je lis le Quichotte — tout le Quichotte — comme si c'était Ménard qui l'avait conçu ? Il y a quelques soirs, en feuilletant le chapitre XXVI — qu'il n'a jamais essayé d'écrire — je reconnus le style de notre ami et comme sa voix dans cette phrase exceptionnelle : *les nymphes des rivières, la douloureuse et humide Écho.* Cette conjonction efficace d'un adjectif moral et d'un adjectif physique me rappelle un vers de Shakespeare que nous discutâmes un jour :

> *Where a malignant and a turbaned Turk...*

Pourquoi précisément le Quichotte ? dira notre lecteur. Cette préférence, chez un Espagnol, n'aurait pas été inexplicable ; mais elle l'est sans doute chez un symboliste de Nîmes, essentiellement dévot de Poe, qui engendra Baudelaire, qui engendra Mallarmé, qui engendra Valéry, qui engendra Edmond Teste. La lettre précitée éclaircit ce point. « Le Quichotte, explique Ménard, m'intéresse profondément, mais il ne me semble pas, comment dirai-je, inévitable. Je ne peux pas imaginer l'univers sans l'exclamation d'Edgar Allan Poe :

> *Ah, bear mind this garden was enchanted !*

ou sans le *Bateau ivre* ou l'*Ancient mariner*, mais je me sais capable de l'imaginer sans le Quichotte. (Je parle naturellement de ma capacité personnelle, non de la résonance historique des œuvres.) Le Quichotte est un livre contingent, le Quichotte n'est pas nécessaire. Je peux préméditer sa composition, je peux l'écrire, sans tomber dans une tautologie. A douze ou treize ans, je l'ai lu, peut-être intégralement. Puis j'ai relu attentivement quelques chapitres, ceux que je n'essaierai pas d'écrire pour le moment. J'ai étudié aussi les entre-

meses, les comedias, la Galatée, les nouvelles exem-
plaires, les travaux sans aucun doute laborieux de
Persiles et Segismonde et le Voyage au Parnasse...
Mon souvenir général du Quichotte, simplifié par
l'oubli et l'indifférence, peut très bien être équivalent
à la vague image antérieure d'un livre non écrit. Une
fois postulée cette image (qu'en toute justice personne
ne peut me refuser) il est indiscutable que mon
problème est singulièrement plus difficile que celui de
Cervantès. Mon complaisant précurseur ne repoussa
pas la collaboration du hasard : il composait l'œuvre
immortelle un peu *à la diable*[1], entraîné par la force
d'inertie du langage et de l'invention. Moi, j'ai
contracté le mystérieux devoir de reconstituer littéralement son œuvre spontanée. Mon jeu solitaire est régi
par deux lois diamétralement opposées. La première
me permet d'essayer des variantes de type formel ou
psychologique : la seconde m'oblige à les sacrifier au
texte « original » et à raisonner cet anéantissement
avec des arguments irréfutables... A ces entraves
artificielles il faut en ajouter une autre, congénitale.
Composer le Quichotte au début du XVIIe siècle était
une entreprise raisonnable, nécessaire, peut-être
fatale ; au début du XXe, elle est presque impossible.
Ce n'est pas en vain que se sont écoulées trois cents
années pleines de faits très complexes. Parmi lesquels,
pour n'en citer qu'un : le Quichotte lui-même. »

Malgré ces trois obstacles, le fragmentaire Quichotte de Ménard est plus subtil que celui de Cervantès. Celui-ci oppose grossièrement aux fictions
chevaleresques la pauvre réalité provinciale de son
pays ; Ménard choisit comme « réalité » le pays de
Carmen pendant le siècle de Lépante et de Lope de
Vega. Quelles « espagnolades » ce choix n'aurait-il

---

1. En français dans le texte.

pas conseillées à Maurice Barrès ou au docteur Rodri-
guez Larreta ! Ménard, avec un grand naturel, les
élude. Dans son ouvrage il n'y a ni « gitaneries », ni
conquistadors, ni mystiques, ni Philippe II, ni autos
da fe. Il néglige ou proscrit la couleur locale. Ce
dédain indique un sentiment nouveau du roman
historique. Ce dédain condamne *Salammbô* sans
appel.

Il n'est pas moins stupéfiant de considérer des
chapitres isolés. Examinons, par exemple, le chapitre XXXVIII de la première partie, « qui traite du
curieux discours que Don Quichotte fit sur les armes
et les lettres ». On sait que Don Quichotte (comme
Quevedo dans le passage analogue et postérieur de
l'Heure de tous) tranche contre les lettres et en faveur
des armes. Cervantès était un vieux militaire : son
arrêt s'explique. Mais, que le Don Quichotte de Pierre
Ménard — homme contemporain de *La trahison des
clercs* et de Bertrand Russell — retombe dans ces
sophistications nébuleuses ! Madame Bachelier y a vu
une admirable et typique subordination de l'auteur à
la psychologie du héros ; d'autres (dépourvus totalement de perspicacité) une *transcription* du Quichotte ;
la baronne de Bacourt, l'influence de Nietzsche. A
cette troisième interprétation (que je juge irréfutable)
je ne sais si j'oserai en ajouter une quatrième, qui
s'accorde fort bien avec la modestie presque divine de
Pierre Ménard : son habitude résignée ou ironique de
propager des idées strictement contraires à celles qu'il
préférait. (Rappelons encore une fois sa diatribe
contre Paul Valéry, dans la feuille surréaliste éphémère de Jacques Reboul.) Le texte de Cervantès et
celui de Ménard sont verbalement identiques, mais le
second est presque infiniment plus riche. (Plus
ambigu, diront ses détracteurs ; mais l'ambiguïté est
une richesse.)

Comparer le Don Quichotte de Ménard à celui de Cervantès est une révélation. Celui-ci, par exemple, écrivit (Don Quichotte, première partie, chapitre IX) :

... la vérité, dont la mère est l'histoire, émule du temps, dépôt des actions, témoin du passé, exemple et connaissance du présent, avertissement de l'avenir.

Rédigée au XVIIᵉ siècle, rédigée par le « génie ignorant » Cervantès, cette énumération est un pur éloge rhétorique de l'histoire. Ménard écrit en revanche :

... la vérité, dont la mère est l'histoire, émule du temps, dépôt des actions, témoin du passé, exemple et connaissance du présent, avertissement de l'avenir.

L'histoire, *mère* de la vérité ; l'idée est stupéfiante. Ménard, contemporain de William James, ne définit pas l'histoire comme une recherche de la réalité mais comme son origine. La vérité historique, pour lui, n'est pas ce qui s'est passé ; c'est ce que nous pensons qui s'est passé. Les termes de la fin — *exemple et connaissance du présent, avertissement de l'avenir* — sont effrontément pragmatiques.

Le contraste entre les deux styles est également vif. Le style archaïsant de Ménard — tout compte fait étranger — pèche par quelque affectation. Il n'en est pas de même pour son précurseur, qui manie avec aisance l'espagnol courant de son époque.

Il n'y a pas d'exercice intellectuel qui ne soit finalement inutile. Une doctrine philosophique est au début une description vraisemblable de l'univers ; les années tournent et c'est un pur chapitre — sinon un paragraphe ou un nom — de l'histoire de la philosophie. En littérature, cette caducité finale est encore plus notoire. Le Quichotte — m'a dit Ménard — fut avant tout un livre agréable ; maintenant il est un prétexte à toasts patriotiques, à superbe grammaticale, à éditions de luxe indécentes. La gloire est une incompréhension, peut-être la pire.

Ces constatations nihilistes n'ont rien de neuf ; ce qui est singulier c'est la décision que Pierre Ménard en fit dériver. Il décida d'aller au-devant de la vanité qui attend toutes les fatigues de l'homme ; il entreprit un travail très complexe et *a priori* futile. Il consacra ses scrupules et ses veilles à reproduire dans une langue étrangère un livre préexistant. Il multiplia les brouillons, corrigea avec ténacité et déchira des milliers de pages manuscrites[1]. Il ne permit à personne de les examiner et eut soin de ne pas les laisser lui survivre. C'est en vain que j'ai essayé de les reconstituer.

A la réflexion je pense qu'il est légitime de voir dans le Quichotte « final » une sorte de palimpseste, dans lequel doivent transparaître les traces — ténues mais non indéchiffrables — de l'écriture « préalable » de notre ami. Malheureusement, seul un second Pierre Ménard, en inversant le travail de son prédécesseur, pourrait exhumer et ressusciter ces villes de Troie...

« Penser, analyser, inventer (m'écrivit-il aussi) ne sont pas des actes anormaux, ils constituent la respiration normale de l'intelligence. Glorifier l'accomplissement occasionnel de cette fonction, thésauriser des pensées anciennes appartenant à autrui, se rappeler avec une stupeur incrédule que le *doctor universalis* a pensé, c'est confesser notre langueur ou notre barbarie. Tout homme doit être capable de toutes les idées et je suppose qu'il le sera dans le futur. »

Ménard (peut-être sans le vouloir) a enrichi l'art figé et rudimentaire de la lecture par une technique nouvelle : la technique de l'anachronisme délibéré et

---

1. Je me rappelle ses cahiers quadrillés, ses ratures noires, ses symboles typographiques particuliers et son écriture d'insecte. Il aimait se promener dans les faubourgs de Nîmes à la tombée du soir ; il emportait habituellement un cahier, et en faisait une joyeuse flambée.

des attributions erronées. Cette technique, aux appli-
cations infinies, nous invite à parcourir l'Odyssée
comme si elle était postérieure à l'Enéide et le livre *Le
jardin du centaure*, de madame Henri Bachelier,
comme s'il était de madame Henri Bachelier. Cette
technique peuple d'aventures les livres les plus paisi-
bles. Attribuer l'*Imitation de Jésus-Christ* à Louis-
Ferdinand Céline ou à James Joyce, n'est-ce pas
renouveler suffisamment les minces conseils spiri-
tuels de cet ouvrage ?

Nîmes, 1939.

Traduction P. Verdevoye.

LES RUINES CIRCULAIRES

And if left off dreaming about you...
Through the Looking-Glass, IV.

Nul ne le vit débarquer dans la nuit unanime, nul ne
vit le canot de bambou s'enfoncer dans la fange
sacrée, mais, quelques jours plus tard, nul n'ignorait
que l'homme taciturne venait du Sud et qu'il avait
pour patrie un des villages infinis qui sont en amont,
sur le flanc violent de la montagne, où la langue zende
n'est pas contaminée par le grec et où la lèpre est rare.
Ce qu'il y a de certain c'est que l'homme gris baisa la
fange, monta sur la rive sans écarter (probablement
sans sentir) les roseaux qui lui lacéraient la peau et se
traîna, étourdi et ensanglanté, jusqu'à l'enceinte circulaire surmontée d'un tigre ou d'un cheval de pierre,
autrefois couleur de feu et maintenant couleur de
cendre. Cette enceinte est un temple dévoré par les
incendies anciens et profané par la forêt paludéenne,
dont le dieu ne reçoit pas les honneurs des hommes.
L'étranger s'allongea contre le piédestal. Le soleil
haut l'éveilla. Il constata sans étonnement que ses

blessures s'étaient cicatrisées; il ferma ses yeux
pâles et s'endormit, non par faiblesse de la chair
mais par décision de la volonté. Il savait que ce temple était le lieu requis pour son invincible dessein;
il savait que les arbres incessants n'avaient pas réussi
à étrangler, en aval, les ruines d'un autre temple
propice, aux dieux incendiés et morts également; il
savait que son devoir immédiat était de dormir. Vers
minuit il fut réveillé par le cri inconsolable d'un
oiseau. Des traces de pieds nus, des figues et une
cruche l'avertirent que les hommes de la région
avaient épié respectueusement son sommeil et sollici-
taient sa protection ou craignaient sa magie. Il sentit
le froid de la peur et chercha dans la muraille
dilapidée une niche sépulcrale et se couvrit de feuilles
inconnues.

Le dessein qui le guidait n'était pas impossible, bien
que surnaturel. Il voulait rêver un homme : il voulait
le rêver avec une intégrité minutieuse et l'imposer à la
réalité. Ce projet magique avait épuisé tout l'espace
de son âme; si quelqu'un lui avait demandé son
propre nom ou quelque trait de sa vie antérieure, il
n'aurait pas su répondre. Le temple inhabité et en
ruine lui convenait, parce que c'était un minimum de
monde visible; le voisinage des paysans aussi, car
ceux-ci se chargeaient de subvenir à ses besoins
frugaux. Le riz et les fruits de leur tribut étaient un
aliment suffisant pour son corps, consacré à la seule
tâche de dormir et de rêver.

Au début, les rêves étaient chaotiques; peu après, ils
furent de nature dialectique. L'étranger se rêvait au
centre d'un amphithéâtre circulaire qui était en quelque sorte le temple incendié : des nuées d'élèves
taciturnes fatiguaient les gradins; les visages des
derniers pendaient à des siècles de distance et à une
hauteur stellaire, mais ils étaient tout à fait précis.

L'homme leur dictait des leçons d'anatomie, de cosmographie, de magie; les visages écoutaient avidement et essayaient de répondre avec intelligence, comme s'ils devinaient l'importance de cet examen, qui rachèterait l'un d'eux de sa condition de vaine apparence et l'interpolerait dans le monde réel. L'homme, dans le rêve et dans la veille, considérait les réponses de ses fantômes, ne se laissait pas enjôler par les imposteurs, devinait à de certaines perplexités un entendement croissant. Il cherchait une âme qui méritât de participer à l'univers.

Au bout de neuf ou dix nuits il comprit avec quelque amertume qu'il ne pouvait rien espérer de ces élèves qui acceptaient passivement sa doctrine mais plutôt de ceux qui risquaient, parfois, une contradiction raisonnable. Les premiers, quoique dignes d'amour et d'affection, ne pouvaient accéder au rang d'individus; les derniers préexistaient un peu plus. Un après-midi (maintenant les après-midi aussi étaient tributaires du sommeil, maintenant il ne veillait que quelques heures à l'aube) il licencia pour toujours le vaste collège illusoire et resta avec un seul élève. C'était un garçon taciturne, atrabilaire, parfois rebelle, aux traits anguleux qui répétaient ceux de son rêveur. Il ne fut pas longtemps déconcerté par la brusque élimination de ses condisciples; ses progrès, au bout de quelques leçons particulières, purent étonner le maître. Pourtant, la catastrophe survint. L'homme, un jour, émergea du rêve comme d'un désert visqueux, regarda la vaine lumière de l'après-midi qu'il confondit tout d'abord avec l'aurore et comprit qu'il n'avait pas rêvé. Toute cette nuit-là et toute la journée, l'intolérable lucidité de l'insomnie s'abattit sur lui. Il voulut explorer la forêt, s'exténuer; à peine obtint-il par la ciguë quelques moments de rêve débile, veinés fugacement de visions de type rudimentaire : inutilisables. Il voulut rassembler le collège et à peine eut-il articulé quelques brèves paroles d'exhortation, que celui-ci se déforma, s'effaça. Dans sa veille presque perpétuelle, des larmes de colère brûlaient ses yeux pleins d'âge.

Il comprit que l'entreprise de modeler la matière incohérente et vertigineuse dont se composent les rêves est la plus ardue à laquelle puisse s'attaquer un homme, même s'il pénètre toutes les énigmes de l'ordre supérieur et inférieur : bien plus ardue que de tisser une corde de sable ou de monnayer le vent sans face. Il comprit qu'un échec initial était inévitable. Il jura d'oublier l'énorme hallucination qui l'avait égaré au début et chercha une autre méthode de travail. Avant de l'éprouver, il consacra un mois à la restauration des forces que le délire avait gaspillées. Il abandonna toute préméditation de rêve et presque sur-le-champ parvint à dormir pendant une raisonnable partie du jour. Les rares fois qu'il rêva durant cette période, il ne fit pas attention aux rêves. Pour reprendre son travail, il attendit que le disque de la lune fût parfait. Puis, l'après-midi, il se purifia dans les eaux du fleuve, adora les dieux planétaires, prononça les syllabes licites d'un nom puissant et s'endormit. Presque immédiatement, il rêva d'un cœur qui battait.

Il le rêva actif, chaud, secret, de la grandeur d'un poing fermé, grenat dans la pénombre d'un corps humain encore sans visage ni sexe ; il le rêva avec un minutieux amour pendant quatorze nuits lucides. Chaque nuit, il le percevait avec une plus grande évidence. Il ne le touchait pas : il se bornait à l'attester, à l'observer, parfois à le corriger du regard. Il le percevait, le vivait du fond de multiples distances et sous de nombreux angles. La quatorzième nuit il frôla de l'index l'artère pulmonaire et puis tout le

cœur, du dehors et du dedans. L'examen le satisfit.
Délibérément il ne rêva pas pendant une nuit : puis il
reprit le cœur, invoqua le nom d'une planète et essaya
de voir un autre des organes principaux. Avant un an,
il en arriva au squelette, aux paupières. Imaginer les
cheveux innombrables fut peut-être la tâche la plus
difficile. Il rêva un homme entier, un jeune homme,
mais celui-ci ne se dressait pas ni ne parlait ni ne
pouvait ouvrir les yeux. Nuit après nuit, l'homme le
rêvait endormi.

Dans les cosmogonies gnostiques les démiurges
pétrissent un rouge Adam qui ne parvient pas à se
mettre debout ; aussi inhabile et rude et élémentaire
que cet Adam de poussière était l'Adam de rêve que les
nuits du magicien avaient fabriqué. Un après-midi
l'homme détruisit presque toute son œuvre, mais il se
repentit. (Il aurait mieux valu pour lui qu'il la détrui-
sît.) Après avoir épuisé les vœux aux esprits de la terre
et du fleuve, il se jeta aux pieds de l'effigie qui était
peut-être un tigre et peut-être un poulain, et implora
son secours inconnu. Ce crépuscule-là, il rêva de la
statue. Il la rêva vivante, frémissante : ce n'était pas
un atroce bâtard de tigre et de poulain, mais ces deux
créatures véhémentes à la fois et aussi un taureau, une
rose, une tempête. Ce dieu multiple lui révéla que son
nom terrestre était Feu, que dans ce temple circulaire
(et dans d'autres semblables) on lui avait offert des
sacrifices et rendu un culte et qu'il animerait magi-
quement le fantôme rêvé, de sorte que toutes les
créatures, excepté le Feu lui-même et le rêveur, le
prendraient pour un homme en chair et en os. Il lui
ordonna de l'envoyer, une fois instruit dans les rites,
jusqu'à l'autre temple en ruine dont les pyramides
persistent en aval, pour qu'une voix le glorifiât dans
cet édifice désert. Dans le rêve de l'homme qui rêvait,
le rêvé s'éveilla.

Le magicien exécuta ces ordres. Il consacra un délai (qui finalement embrassa deux ans) à lui découvrir les arcanes de l'univers et du culte du feu. Il souffrait intimement de se séparer de lui. Sous le prétexte de la nécessité pédagogique, il reculait chaque jour les heures consacrées au sommeil. Il refit aussi l'épaule droite, peut-être déficiente. Parfois, il était tourmenté par l'impression que tout cela était déjà arrivé... En général, ses jours étaient heureux ; en fermant les yeux il pensait : « Maintenant je serai avec mon fils. » Ou, plus rarement : « Le fils que j'ai engendré m'attend et n'existera pas si je n'y vais pas. »

Il l'accoutuma graduellement à la réalité. Une fois il lui ordonna de dresser un drapeau sur une cime lointaine. Le lendemain, le drapeau flottait sur la cime. Il essaya d'autres expériences analogues, de plus en plus audacieuses. Il comprit avec une certaine amertume que son enfant était prêt à naître — et peut-être impatient. Cette nuit-là il l'embrassa pour la première fois et l'envoya dans l'autre temple dont les vestiges blanchoient en aval, à un grand nombre de lieues de forêt inextricable et de marécage. Auparavant (pour qu'il ne sût jamais qu'il était un fantôme, pour qu'il se crût un homme comme les autres) il lui infusa l'oubli total de ses années d'apprentissage.

Sa victoire et sa paix furent ternies par l'ennui. Dans les crépuscules du soir et de l'aube, il se prosternait devant l'image de pierre, se figurant peut-être que son fils exécutait des rites identiques, dans d'autres ruines circulaires, en aval ; la nuit il ne rêvait pas, ou rêvait comme le font tous les hommes. Il percevait avec une certaine pâleur les sons et les formes de l'univers : le fils absent s'alimentait de ces diminutions de son âme. Le dessein de sa vie était comblé ; l'homme demeura dans une sorte d'extase.

Au bout d'un temps que certains narrateurs de son histoire préfèrent calculer en années et d'autres en lustres, il fut réveillé à minuit par deux rameurs : il ne put voir leurs visages, mais ils lui parlèrent d'un magicien dans un temple du Nord, capable de marcher sur le feu et de ne pas se brûler. Le magicien se rappela brusquement les paroles du dieu. Il se rappela que de toutes les créatures du globe, le feu était la seule qui savait que son fils était un fantôme. Ce souvenir, apaisant tout d'abord, finit par le tourmenter. Il craignit que son fils ne méditât sur ce privilège anormal et découvrît de quelque façon sa condition de pur simulacre. Ne pas être un homme, être la projection du rêve d'un autre homme, quelle humiliation incomparable, quel vertige ! Tout père s'intéresse aux enfants qu'il a procréés (qu'il a permis) dans une pure confusion ou dans le bonheur ; il est naturel que le magicien ait craint pour l'avenir de ce fils, pensé entraille par entraille et trait par trait, en mille et une nuits secrètes.

Le terme de ses réflexions fut brusque, mais il fut annoncé par quelques signes. D'abord (après une longue sécheresse) un nuage lointain sur une colline, léger comme un oiseau ; puis, vers le Sud, le ciel qui avait la couleur rose de la gencive des léopards ; puis les grandes fumées qui rouillèrent le métal des nuits ; ensuite la fuite panique des bêtes. Car ce qui était arrivé il y a bien des siècles se répéta. Les ruines du sanctuaire du dieu du feu furent détruites par le feu. Dans une aube sans oiseaux le magicien vit fondre sur les murs l'incendie concentrique. Un instant, il pensa se réfugier dans les eaux, mais il comprit aussitôt que la mort venait couronner sa vieillesse et l'absoudre de ses travaux. Il marcha sur les lambeaux de feu. Ceux-ci ne mordirent pas sa chair, ils le caressèrent et l'inondèrent sans chaleur et sans combustion. Avec soulagement, avec humiliation, avec terreur, il comprit que lui aussi était une apparence, qu'un autre était en train de le rêver.

Traduction P. Verdevoye.

LA LOTERIE À BABYLONE

Comme tous les hommes de Babylone, j'ai été proconsul ; comme eux tous, esclave ; j'ai connu comme eux tous l'omnipotence, l'opprobre, les prisons. Regardez : à ma main droite il manque l'index. Regardez : cette déchirure de mon manteau laisse voir sur mon estomac un tatouage vermeil ; c'est le deuxième symbole, Beth. Les nuits de pleine lune, cette lettre me donne le pouvoir sur les hommes dont la marque est Ghimel, mais elle me subordonne à ceux d'Aleph, qui les nuits sans lune doivent obéissance à ceux de Ghimel. Au crépuscule de l'aube, dans une cave, j'ai égorgé des taureaux sacrés devant une pierre noire. Toute une année de lune durant, j'ai été déclaré invisible : je criais et on ne me répondait pas, je volais le pain et je n'étais pas décapité. J'ai connu ce qu'ignorent les Grecs : l'incertitude. Dans une chambre de bronze, devant le mouchoir silencieux du strangulateur, l'espérance me fut fidèle ; dans le fleuve des délices, la panique. Pythagore, si l'on en croit le récit émerveillé d'Héraclide du Pont, se souvenait d'avoir été Pyrrhus, et avant Pyrrhus, Euphorbe, et avant Euphorbe encore quelque autre mortel ; pour me remémorer d'analogues vicissitudes je puis me dispenser d'avoir recours à la mort, et même à l'imposture.

Je dois cette diversité presque atroce à une institution que d'autres républiques ignorent ou qui n'opère chez elles que de façon imparfaite et obscure : la loterie. Je n'en ai pas scruté l'histoire : il ne m'échappe pas que les magiciens restent là-dessus divisés ; toute la connaissance qui m'est donnée de ses puissants desseins, c'est celle que peut avoir de la lune l'homme non versé en astrologie. J'appartiens à un pays vertigineux où la loterie est une part essentielle du réel ; jusqu'au présent jour, j'avais pensé à elle aussi peu souvent qu'à la conduite des dieux indéchiffrables ou de mon propre cœur. Aujourd'hui, loin de mon pays et de ses chères coutumes, c'est avec quelque surprise que j'évoque la loterie et les conjectures blasphématoires que sur elle, à la chute du jour, vont murmurant les hommes voilés.

Mon père me rapportait qu'autrefois — parlait-il d'années ou de siècles ? — la loterie était à Babylone un jeu de caractère plébéien. Il racontait, mais je ne sais s'il disait vrai, que les barbiers débitaient alors contre quelques monnaies de cuivre des rectangles d'os ou de parchemin ornés de symboles. Un tirage au sort s'effectuait en plein jour, et les favorisés recevaient, sans autre corroboration du hasard, des pièces d'argent frappées. Le procédé était rudimentaire, comme vous le voyez.

Naturellement, ces « loteries » échouèrent. Leur vertu morale était nulle. Elles ne s'adressaient pas à l'ensemble des facultés de l'homme, mais seulement à l'espoir. Le public montra peu de curiosité et les marchands qui avaient mis sur pied ces loteries vénales commencèrent à perdre de l'argent. Une réforme fut tentée : l'intercalation d'un petit nombre de chances adverses dans la liste des nombres favora-

bles. Désormais, les acheteurs de rectangles numéro-
tés avaient la double chance de gagner une certaine
somme ou de payer une amende parfois considérable.
Ce léger danger (il y avait un numéro funeste tous les
trente numéros favorables) éveilla naturellement l'intérêt du public. Les Babyloniens se livrèrent au jeu.
Celui qui ne tentait pas sa chance était taxé de
timidité, de pusillanimité. Avec le temps, ce dédain
justifié se dédoubla : on méprisa celui qui ne jouait
pas, mais aussi le perdant qui payait l'amende. La
Compagnie (c'est le nom qu'on se mit alors à lui
donner) dut prendre en main les intérêts des gagnants,
qui ne pouvaient toucher leurs prix avant que n'eût
été encaissé le montant presque total des amendes.
Elle fit un procès aux perdants : le juge les condamna
à l'amende originale plus les dépens, ou à quelques
jours de prison. Tous optèrent pour la prison. C'est de
cette bravade d'une poignée d'hommes qu'est sortie la
toute-puissance de la Compagnie, sa valeur ecclésias-
tique, métaphysique.

Peu après, les amendes disparurent des listes ; on se
borna à indiquer le nombre de jours de prison qui
correspondait à chaque numéro néfaste. Ce laconisme,
à quoi il avait d'abord été prêté peu d'attention, fut
d'une importance capitale. *Ce fut la première apparition dans la loterie d'éléments non pécuniaires.* Les
conséquences se firent bientôt sentir : à quelque
temps de là la Compagnie se voyait amenée, sous la
pression des joueurs, à augmenter le nombre de
chances contraires.

Ce ne fut pas tout. Nul n'ignore que le peuple de
Babylone est très féru de logique, et même de symétrie. Il lui sembla incohérent que les chances favorables lui fussent comptées en rondes monnaies et les
autres en jours et nuits de prison. Quelques moralistes
firent remarquer que la possession de monnaies ne

détermine pas toujours le bonheur et que la joie compte peut-être d'autres formes plus directes...

Une autre inquiétude se répandait dans les bas quartiers. Les membres du collège sacerdotal multipliaient les paris et goûtaient toutes les vicissitudes de la terreur et de l'espérance ; les pauvres — avec une jalousie justifiée ou inévitable — souffraient d'être exclus d'un va-et-vient si notoirement délicieux. La juste ambition que tous, pauvres et riches, pussent avoir un accès égal à la loterie inspira une agitation indignée dont les années n'ont pas affaibli le souvenir. Quelques obstinés ne comprirent pas — ou firent semblant de ne pas comprendre — qu'il s'agissait d'un ordre nouveau, d'une étape historique nécessaire... Un esclave vola un billet série pourpre : d'après le tirage, le porteur du numéro devait avoir la langue brûlée. Mais le code fixait cette même peine pour les voleurs de billets. Certains Babyloniens exprimèrent alors que si l'homme méritait le fer rouge, c'était en sa qualité de voleur ; d'autres, magnanimes, affirmèrent que le bourreau ne devait lui appliquer la peine que pour respecter les décisions du hasard. Ce fut le commencement d'une époque de troubles et de lamentables effusions de sang ; mais le peuple babylonien finit par imposer fermement sa volonté, contre l'opposition des riches. Ses généreuses revendications triomphèrent. En premier lieu, il obtint que la Compagnie assumât la totalité du pouvoir public : cette unification était nécessaire, vu l'amplitude et la complexité des nouvelles opérations. En second lieu, il obtint que la loterie fût secrète, gratuite et générale. La vente mercenaire de chances fut abolie. Tout homme libre et déjà initié aux mystères de Bel participait automatiquement aux tirages sacrés, qui s'effectuaient dans les labyrinthes du dieu toutes les soixante nuits, et qui décidaient de son destin jusqu'au prochain exercice.

Les conséquences étaient incalculables. Un coup heureux pouvait entraîner sa promotion au concile des mages, ou l'emprisonnement d'un ennemi notoire ou intime, ou la découverte, dans la ténèbre pacifique de la chambre, de la femme qui commence à nous inquiéter ou que nous n'espérions plus revoir; un coup malheureux pouvait appeler sur lui la mutilation, l'infamie variée, la mort. Parfois un acte unique — l'assassinat public de C, la mystérieuse apothéose de B — venait génialement résumer un grand nombre de tirages. De pareilles combinaisons n'étaient pas aisées, mais il ne faut pas oublier que les membres de la Compagnie étaient — et sont — tout-puissants et pleins de ruse. Dans beaucoup de cas, la conviction que certaines joies étaient l'œuvre du hasard eût amoindri leur vertu; pour parer à cet inconvénient, les agents de la Compagnie usaient de la suggestion et de la magie. Leurs démarches, leurs manœuvres, restaient secrètes. Pour connaître les intimes espoirs et les intimes terreurs de chacun, ils disposaient d'astrologues et d'espions. Il y avait certains lions de pierre, il y avait une latrine sacrée nommée Qaphqa, il y avait les crevasses d'un poussiéreux aqueduc qui, selon l'opinion générale, *donnaient sur la Compagnie;* les personnes malignes ou bienveillantes déposaient là leurs dénonciations. Des archives alphabétiques recueillaient ces renseignements plus ou moins dignes de foi.

Chose incroyable, les médisances ne manquèrent pas. La Compagnie, avec sa discrétion habituelle, dédaigna d'y répondre directement. Elle préféra faire gribouiller sur les murs en ruine d'une fabrique de masques un bref argument qui figure à présent parmi les écritures sacrées. Cette pièce de doctrine observait que la loterie est une interpolation du hasard dans l'ordre du monde, et qu'accueillir des erreurs n'est pas

contredire le hasard, mais le corroborer. Elle observait aussi que ces lions et que ce récipient sacré, bien
que non désavoués par la Compagnie — qui ne se
refusait pas le droit de les consulter — fonctionnaient
sans garantie officielle.

Cette déclaration apaisa les inquiétudes publiques.
Elle produisit aussi d'autres effets que son auteur
n'avait peut-être pas prévus. L'esprit et les opérations
de la Compagnie s'en trouvèrent profondément modi-
fiés. Il me reste peu de temps : on nous avertit que le
vaisseau va lever l'ancre ; je vais tâcher de m'expliquer rapidement.

Quelque invraisemblable que cela paraisse, personne n'avait tenté jusque-là une théorie générale des
jeux. Les Babyloniens sont peu spéculatifs. Ils accep-
tent les décisions du hasard, ils lui livrent la vie,
l'espoir, la terreur panique, mais ils ne s'avisent pas
d'interroger ses lois vertigineuses, et les sphères gira-
toires qui le révèlent n'éveillent pas leur curiosité.
Cependant, la déclaration officieuse que j'ai rapportée
inspira beaucoup de discussions de caractère juridico-
mathématique. De l'une d'elles surgit la conjecture
suivante : si la loterie est une intensification du
hasard, une infusion périodique du chaos dans le
cosmos, ne conviendrait-il pas que le hasard intervînt
dans toutes les étapes du tirage et non pas dans une
seule ? N'est-il pas dérisoire que le hasard dicte la
mort de quelqu'un, mais que ne soient pas assujetties
au même hasard les circonstances de cette mort : le
caractère public ou réservé, le délai d'une heure ou
d'un siècle ? De si justes scrupules provoquèrent enfin
une réforme considérable dont les complexités, aggra-
vées d'un exercice séculaire, ne sont peut-être intelli-
gibles qu'à quelques spécialistes, mais dont je tenterai
un résumé, ne fût-il que symbolique.

Imaginons un premier tirage qui décrète la mort

d'un homme. Pour l'exécution du verdict, on procède à un second tirage, qui propose — supposons — neuf agents. De ces agents, quatre peuvent entreprendre un troisième tirage qui prononcera le nom du bourreau, deux peuvent remplacer la sentence adverse par une sentense heureuse (par exemple la découverte d'un trésor), un autre pourra décréter l'exaspération du supplice en le rendant infâme ou en l'enrichissant de tortures, d'autres enfin peuvent se refuser à prendre une mesure quelconque. Tel est le schéma symbolique. En fait *le nombre de tirages est infini*. Aucune décision n'est finale, toutes se ramifient. D'infinis tirages ne nécessitent pas, comme les ignorants le supposent, un temps infini ; il suffit en réalité que le temps soit infiniment subdivisible, notion illustrée par la fameuse parabole du *Duel avec la Tortue*. Cette infinitude s'accorde d'admirable façon avec les sinueuses divinités du Hasard et avec l'Archétype Céleste de la Loterie, adoré par les platoniciens... Il semble qu'un écho difforme de nos rites ait retenti jusqu'au Tibre : Aelius Lampridius, dans sa *Vie d'Antonin Héliogabale*, rapporte que cet empereur écrivait sur des coquillages les chances qu'il destinait à ses invités, de sorte que tel d'entre eux recevait dix livres d'or et tel autre dix mouches, dix marmottes, dix ours. Qu'on me permette de rappeler ici qu'Héliogabale fut élevé en Asie Mineure, parmi les prêtres du dieu éponyme.

Il y a aussi des tirages impersonnels, d'une intention indéfinie ; celui-ci ordonnera de jeter un saphir de Taprobane dans les eaux de l'Euphrate ; cet autre, de lâcher un oiseau du haut d'une tour ; cet autre, de retirer tous les siècles un grain de sable à la plage, ou de l'y ajouter. Les conséquences sont parfois terribles.

Sous l'influence bienfaisante de la Compagnie, nos coutumes sont saturées de hasard. L'acheteur d'une

douzaine d'amphores de vin de Damas ne sera pas
surpris que l'une d'elles contienne un talisman ou une
vipère ; le notaire qui rédige un contrat ne manque
presque jamais d'y introduire quelque détail erroné ;
moi-même, au cours de cette hâtive déclaration, j'ai
su défigurer certaines splendeurs, certaines atrocités ;
peut-être aussi certaines mystérieuses monotonies...
Nos historiens, qui sont les plus perspicaces du globe,
ont inventé une méthode pour dépister ces tradition-
nelles erreurs et pour corriger le hasard ; il est
constant que les résultats de leurs recherches sont, en
général, dignes de foi ; mais leurs mémoires ne sau-
raient naturellement être publiés sans une certaine
dose de fausseté. Du reste, rien de plus contaminé de
fiction que l'histoire elle-même de la Compagnie... Tel
document paléographique, exhumé dans un temple,
peut provenir du tirage d'hier comme d'un tirage
séculaire. Aucun livre n'est publié sans quelque diver-
gence entre chaque exemplaire. Les scribes prêtent
serment d'omettre, d'interpoler, de varier. Le men-
songe indirect est également exercé.

La Compagnie, avec une modestie divine, évite
toute publicité. Ses agents, comme il est naturel, sont
secrets ; les ordres qu'ils dictent de façon réitérée — et
peut-être incessante — ne sont pas différents de ceux
que prodiguent les imposteurs. Du reste, qui pourrait
se vanter d'être un parfait imposteur ? L'ivrogne qui
improvise une injonction absurde, le rêveur qui brusquement s'éveille et étouffe de ses mains la femme qui
dort à ses côtés, n'exécutent-il pas, peut-être, quelque
secrète décision de la Compagnie ? Ce fonctionnement
silencieux, comparable à celui de Dieu, provoque
toute sorte de conjectures. L'une d'elles insinue abominablement qu'il y a des siècles que la Compagnie
n'existe plus et que le désordre sacré de nos vies est
purement héréditaire, traditionnel ; une autre juge au

contaire que la Compagnie est éternelle et professe qu'elle durera jusqu'à la dernière nuit, où le monde périra aux mains du dernier dieu. Celle-ci affirme que la Compagnie est toute-puissante, mais que son champ d'influence est minuscule : le cri d'un oiseau, les nuances de la rouille et de la poussière, les demi-rêves du matin. Cette autre, par la bouche d'hérésiarques masqués, déclare qu'*elle n'a jamais existé et jamais n'existera*. Une dernière, non moins ignoble, exprime qu'il est indifférent d'affirmer ou de nier la réalité de la ténébreuse corporation, parce que Babylone n'est autre chose qu'un infini jeu de hasards.

Traduction Ibarra.

LA BIBLIOTHÈQUE DE BABEL

*By this art you may contemplate the
variation of the 23 letters...*
The Anatomy of Melancholy,
part 2, sect. II, mem. IV.

L'univers (que d'autres appellent la Bibliothèque) se compose d'un nombre indéfini, et peut-être infini, de galeries hexagonales, avec au centre de vastes puits d'aération bordés par des balustrades très basses. De chacun de ces hexagones on aperçoit les étages inférieurs et supérieurs, interminablement. La distribution des galeries est invariable. Vingt longues étagères, à raison de cinq par côté, couvrent tous les murs moins deux ; leur hauteur, qui est celle des étages eux-mêmes, ne dépasse guère la taille d'un bibliothécaire normalement constitué. Chacun des pans libres donne sur un couloir étroit, lequel débouche sur une autre galerie, identique à la première et à toutes. A droite et à gauche du couloir il y a deux cabinets minuscules. L'un permet de dormir debout ; l'autre de satisfaire les besoins fécaux. A proximité passe l'escalier en colimaçon, qui s'abîme et s'élève à perte de vue. Dans le couloir il y a une glace, qui double fidèlement les apparences. Les hommes en tirent conclusion que la

Bibliothèque n'est pas infinie; si elle l'était réellement, à quoi bon cette duplication illusoire ? Pour ma
part, je préfère rêver que ces surfaces polies sont là
pour figurer l'infini et pour le promettre... Des sortes
de fruits sphériques appelés *lampes* assurent l'éclairage. Au nombre de deux par hexagone et placés
transversalement, ces globes émettent une lumière
insuffisante, incessante.

Comme tous les hommes de la Bibliothèque, j'ai
voyagé dans ma jeunesse; j'ai effectué des pèlerinages
à la recherche d'un livre et peut-être du catalogue des
catalogues; maintenant que mes yeux sont à peine
capables de déchiffrer ce que j'écris, je me prépare à
mourir à quelques courtes lieues de l'hexagone où je
naquis. Mort, il ne manquera pas de mains pieuses
pour me jeter par-dessus la balustrade : mon tombeau
sera l'air insondable; mon corps s'enfoncera longuement, se corrompra, se dissoudra dans le vent engendré par la chute, qui est infinie. Car j'affirme que la
Bibliothèque est interminable. Pour les idéalistes, les
salles hexagonales sont une forme nécessaire de l'espace absolu, ou du moins de notre intuition de
l'espace; ils estiment qu'une salle triangulaire ou
pentagonale serait inconcevable. Quant aux mystiques, ils prétendent que l'extase leur révèle une
chambre circulaire avec un grand livre également
circulaire à dos continu, qui fait le tour complet des
murs; mais leur témoignage est suspect, leurs paroles
obscures : ce livre cyclique, c'est Dieu... Qu'il me
suffise, pour le moment, de redire la sentence classique : *la Bibliothèque est une sphère dont le centre
véritable est un hexagone quelconque, et dont la circonférence est inaccessible.*

Chacun des murs de chaque hexagone porte cinq
étagères; chaque étagère comprend trente-deux
livres, tous de même format; chaque livre a quatre

cent dix pages; chaque page, quarante lignes, et
chaque ligne, environ quatre-vingts caractères noirs.
Il y a aussi des lettres sur le dos de chaque livre; ces
lettres n'indiquent ni ne préfigurent ce que diront les
pages : incohérence qui, je le sais, a parfois paru
mystérieuse. Avant de résumer la solution (dont la
découverte, malgré ses tragiques projections, est peut-
être le fait capital de l'histoire) je veux rappeler
quelques axiomes.

Premier axiome : la Bibliothèque existe *ab aeterno*.
De cette vérité dont le corollaire immédiat est l'éternité future du monde, aucun esprit raisonnable ne
peut douter. Il se peut que l'homme, que l'imparfait
bibliothécaire, soit l'œuvre du hasard ou de
démiurges malveillants; l'univers, avec son élégante
provision d'étagères, de tomes énigmatiques, d'infati-
gables escaliers pour le voyageur et de latrines pour le
bibliothécaire assis, ne peut être que l'œuvre d'un
dieu. Pour mesurer la distance qui sépare le divin de
l'humain, il suffit de comparer ces symboles frustes et
vacillants que ma faillible main va griffonnant sur la
couverture d'un livre, avec les lettres organiques de
l'intérieur : ponctuelles, délicates, d'un noir profond,
inimitablement symétriques.

Deuxième axiome : *le nombre des symboles orthographiques est vingt-cinq*[1]. Ce fut cette observation qui
permit, il y a quelque trois cents ans, de formuler une
théorie générale de la Bibliothèque, et de résoudre de
façon satisfaisante le problème que nulle conjecture
n'avait pu déchiffrer : la nature informe et chaotique

1. Le manuscrit original du présent texte ne contient ni chiffres ni
majuscules. La ponctuation a été limitée à la virgule et au point. Ces
deux signes, l'espace et les vingt-deux lettres de l'alphabet sont les
vingt-cinq symboles suffisants énumérés par l'inconnu. (Note de
l'éditeur.)

de presque tous les livres. L'un de ceux-ci, que mon père découvrit dans un hexagone du circuit quinze quatre-vingt-quatorze, comprenait les seules lettres M C V perversement répétées de la première ligne à la dernière. Un autre (très consulté dans ma zone) est un pur labyrinthe de lettres, mais à l'avant-dernière page on trouve cette phrase : *O temps tes pyramides.* Il n'est plus permis de l'ignorer : pour une ligne raisonnable, pour un renseignement exact, il y a des lieues et des lieues de cacophonies insensées, de galimatias et d'incohérences. (Je connais un district barbare où les bibliothécaires répudient comme superstitieuse et vaine l'habitude de chercher aux livres un sens quelconque, et la comparent à celle d'interroger les rêves ou les lignes chaotiques de la main... Ils admettent que les inventeurs de l'écriture ont imité les vingt-cinq symboles naturels, mais ils soutiennent que cette application est occasionnelle et que les livres ne veulent rien dire par eux-mêmes. Cette opinion, nous le verrons, n'est pas absolument fallacieuse.)

Pendant longtemps, on crut que ces livres impénétrables répondaient à des idiomes oubliés ou reculés. Il est vrai que les hommes les plus anciens, les premiers bibliothécaires, se servaient d'une langue toute différente de celle que nous parlons maintenant ; il est vrai que quelques dizaines de milles à droite la langue devient dialectale, et quatre-vingt-dix étages plus haut, incompréhensible. Tout cela, je le répète, est exact, mais quatre cent dix pages d'inaltérables M C V ne pouvaient correspondre à aucune langue, quelque dialectale ou rudimentaire qu'elle fût. D'aucuns insinuèrent que chaque lettre pouvait influer sur la suivante et que la valeur de M C V à la troisième ligne de la page 71 n'était pas celle de ce groupe à telle autre ligne d'une autre page ; mais cette vague proposition ne prospéra point. D'autres envisagèrent qu'il s'agît de cryptographies; c'est cette hypothèse qui a fini par prévaloir et par être universellement acceptée, bien que dans un sens différent du primitif.

Il y a cinq cents ans, le chef d'un hexagone supérieur [1] mit la main sur un livre aussi confus que les autres, mais qui avait deux pages, ou peu s'en faut, de lignes homogènes et vraisemblablement lisibles. Il montra sa trouvaille à un déchiffreur ambulant, qui lui dit qu'elles étaient rédigées en portugais; d'autres prétendirent que c'était du yiddish. Moins d'un siècle plus tard, l'idiome exact était établi : il s'agissait d'un dialecte lituanien du guarani, avec des inflexions d'arabe classique. Le contenu fut également déchiffré : c'étaient des notions d'analyse combinatoire, illustrées par des exemples de variables à répétition constante. Ces exemples permirent à un bibliothécaire de génie de découvrir la loi fondamentale de la Bibliothèque. Ce penseur observa que tous les livres, quelque divers qu'ils soient, comportent des éléments égaux : l'espace, le point, la virgule, les vingt-deux lettres de l'alphabet. Il fit également état d'un fait que tous les voyageurs ont confirmé : *il n'y a pas, dans la vaste Bibliothèque, deux livres identiques.* De ces prémisses incontroversables il déduisit que la Bibliothèque est totale, et que ses étagères consignent toutes les combinaisons possibles des vingt et quelques symboles orthographiques (nombre, quoique très vaste, non infini), c'est-à-dire tout ce qu'il est possible d'exprimer, dans toutes les langues. Tout : l'histoire minutieuse de l'avenir, les autobiographies des

1. Anciennement, il y avait un homme tous les trois hexagones. Le suicide et les maladies pulmonaires ont détruit cette proportion. Souvenir d'une indicible mélancolie : il m'est arrivé de voyager des nuits et des nuits à travers couloirs et escaliers polis sans rencontrer un seul bibliothécaire.

archanges, le catalogue fidèle de la Bibliothèque, des milliers et des milliers de catalogues mensongers, la démonstration de la fausseté de ces catalogues, la démonstration de la fausseté du catalogue véritable, l'évangile gnostique de Basilide, le commentaire de cet évangile, le commentaire du commentaire de cet évangile, le récit véridique de ta mort, la traduction de chaque livre en toutes les langues, les interpolations de chaque livre dans tous les livres.

Quand on proclama que la Bibliothèque comprenait tous les livres, la première réaction fut un bonheur extravagant. Tous les hommes se sentirent maîtres d'un trésor intact et secret. Il n'y avait pas de problème personnel ou mondial dont l'éloquente solution n'existât quelque part : dans quelque hexagone. L'univers se trouvait justifié, l'univers avait brusquement conquis les dimensions illimitées de l'espérance. En ce temps-là, il fut beaucoup parlé des Justifications : livres d'apologie et de prophétie qui justifiaient à jamais les actes de chaque homme et réservaient à son avenir de prodigieux secrets. Des milliers d'impatients abandonnèrent le doux hexagone natal et se ruèrent à l'assaut des escaliers, poussés par l'illusoire dessein de trouver leur Justification. Ces pèlerins se disputaient dans les étroits couloirs, proféraient d'obscures malédictions, s'étranglaient entre eux dans les escaliers divins, jetaient au fond des tunnels les livres trompeurs, périssaient précipités par les hommes des régions reculées. D'autres perdirent la raison... Il n'est pas niable que les Justifications existent (j'en connais moi-même deux qui concernent des personnages futurs, des personnages non imaginaires peut-être), mais les chercheurs ne s'avisaient pas que la probabilité pour un homme de trouver la sienne, ou même quelque perfide variante de la sienne, approche de zéro.

On espérait aussi, vers la même époque, l'éclaircis-
sement des mystères fondamentaux de l'humanité :
l'origine de la Bibliothèque et du Temps. Il n'est pas
invraisemblable que ces graves mystères puissent
s'expliquer à l'aide des seuls mots humains : si la
langue des philosophes ne suffit pas, la multiforme
Bibliothèque aura produit la langue inouïe qu'il y
faut, avec les vocabulaires et les grammaires de cette
langue. Voilà déjà quatre siècles que les hommes,
dans cet espoir, fatiguent les hexagones... Il y a des
chercheurs officiels, des *inquisiteurs*. Je les ai vus dans
l'exercice de leur fonction : ils arrivent toujours
harassés ; ils parlent d'un escalier sans marches qui
manqua leur rompre le cou, ils parlent de galeries et
de couloirs avec le bibliothécaire ; parfois, ils pren-
nent le livre le plus proche et le parcourent, en quête
de mots infâmes. Visiblement, aucun d'eux n'espère
rien découvrir.

A l'espoir éperdu succéda, comme il est naturel, une
dépression excessive. La certitude que quelque étagère de quelque hexagone enfermait des livres précieux, et que ces livres précieux étaient inaccessibles,
sembla presque intolérable. Une secte blasphématoire
proposa d'interrompre les recherches et de mêler
lettres et symboles jusqu'à ce qu'on parvînt à recons-
truire, moyennant une faveur imprévue du hasard, ces
livres canoniques. Les autorités se virent obligées à
promulguer des ordres sévères. La secte disparut ;
mais dans mon enfance j'ai vu de vieux hommes qui
longuement se cachaient dans les latrines avec de
petits disques de métal au fond d'un cornet prohibé, et
qui faiblement singeaient le divin désordre.

D'autres, en revanche, estimèrent que l'essentiel
était d'éliminer les œuvres inutiles. Ils envahissaient
les hexagones, exhibant des permis quelquefois
authentiques, feuilletaient avec ennui un volume et

condamnaient des étagères entières : c'est à leur
fureur hygiénique, ascétique, que l'on doit la perte
insensée de millions de volumes. Leur nom est expli-
cablement exécré, mais ceux qui pleurent sur les
« trésors » anéantis par leur frénésie négligent deux
faits notoires. En premier lieu, la Bibliothèque est si
énorme que toute mutilation d'origine humaine ne
saurait être qu'infinitésimale. En second lieu, si chaque exemplaire est unique et irremplaçable, il y a
toujours, la Bibliothèque étant totale, plusieurs centaines de milliers de fac-similés presque parfaits qui
ne diffèrent du livre correct que par une lettre ou par
une virgule. Contre l'opinion générale, je me permets
de supposer que les conséquences des déprédations
commises par les Purificateurs ont été exagérées par
l'horreur qu'avait soulevée leur fanatisme. Ils étaient
habités par le délire de conquérir les livres chiméri-
ques de l'*Hexagone Cramoisi* : livres de format réduit,
tout-puissants, illustrés et magiques.

Une autre superstition de ces âges est arrivée
jusqu'à nous : celle de l'Homme du Livre. Sur quelque
étagère de quelque hexagone, raisonnait-on, il doit
exister un livre qui est la clef et le résumé parfait *de
tous les autres* : il y a un bibliothécaire qui a pris
connaissance de ce livre et qui est semblable à un
dieu. Dans la langue de cette zone persistent encore
des traces du culte voué à ce lointain fonctionnaire.
Beaucoup de pèlerinages s'organisèrent à sa recherche, qui un siècle durant battirent vainement les plus
divers horizons. Comment localiser le vénérable et
secret hexagone qui l'abritait ? Une méthode rétrograde fut proposée : pour localiser le livre A, on
consulterait au préalable le livre B qui indiquerait la
place de A ; pour localiser le livre B, on consulterait au
préalable le livre C, et ainsi jusqu'à l'infini... C'est en
de semblables aventures que j'ai moi-même prodigué

mes forces, usé mes ans. Il est certain que dans
quelque étagère de l'univers ce livre total doit exister[1] ; je supplie les dieux ignorés qu'un homme — ne
fût-ce qu'un seul, il y a des milliers d'années ! — l'ait
eu entre les mains, l'ait lu. Si l'honneur, la sagesse et
la joie ne sont pas pour moi, qu'ils soient pour
d'autres. Que le ciel existe, même si ma place est
l'enfer. Que je sois outragé et anéanti, pourvu qu'en un
être, en un instant, Ton énorme Bibliothèque se
justifie.

Les impies affirment que le non-sens est la règle
dans la Bibliothèque et que les passages raisonnables,
ou seulement de la plus humble cohérence, constituent une exception quasi miraculeuse. Ils parlent, je
le sais, de « cette fiévreuse Bibliothèque dont les
hasardeux volumes courent le risque incessant de se
muer en d'autres et qui affirment, nient et confondent
tout comme une divinité délirante ». Ces paroles, qui
non seulement dénoncent le désordre mais encore
l'illustrent, prouvent notoirement un goût détestable
et une ignorance sans remède. En effet, la Bibliothèque comporte toutes les structures verbales, toutes les
variations que permettent les vingt-cinq symboles
orthographiques, mais point un seul non-sens absolu.
Rien ne sert d'observer que les meilleurs volumes
parmi les nombreux hexagones que j'administre ont
pour titre *Tonnerre coiffé*, *La Crampe de plâtre*, et
Axaxaxas mlö. Ces propositions, incohérentes à première vue, sont indubitablement susceptibles d'une
justification cryptographique ou allégorique ; pareille

---

1. Je le répète : il suffit qu'un livre soit concevable pour qu'il
existe. Ce qui est impossible est seul exclu. Par exemple : aucun livre
n'est aussi une échelle, bien que sans doute il y ait des livres qui
discutent, qui nient et qui démontrent cette possibilité, et d'autres
dont la structure a quelque rapport avec celle d'une échelle.

justification est verbale, et, *ex hypothesi*, figure d'avance dans la Bibliothèque. Je ne puis combiner une série quelconque de caractères, par exemple

dhcmrlchtdj

que la divine Bibliothèque n'ait déjà prévue, et qui dans quelqu'une de ses langues secrètes ne renferme une signification terrible. Personne ne peut articuler une syllabe qui ne soit pleine de tendresses et de terreurs, qui ne soit quelque part le nom puissant d'un dieu. Parler, c'est tomber dans la tautologie. Cette inutile et prolixe épître que j'écris existe déjà dans l'un des trente volumes des cinq étagères de l'un des innombrables hexagones — et sa réfutation aussi. (Un nombre *n* de langages possibles se sert du même vocabulaire ; dans tel ou tel lexique, le symbole *Bibliothèque* recevra la définition correcte *système universel et permanent de galeries hexagonales*, mais *Bibliothèque* signifiera *pain* ou *pyramide*, ou toute autre chose, les sept mots de la définition ayant un autre sens.) Toi, qui me lis, es-tu sûr de comprendre ma langue ?

L'écriture méthodique me distrait heureusement de la présente condition des hommes. La certitude que tout est écrit nous annule ou fait de nous des fantômes... Je connais des districts où les jeunes gens se prosternent devant les livres et posent sur leurs pages de barbares baisers, sans être capables d'en déchiffrer une seule lettre. Les épidémies, les discordes hérétiques, les pèlerinages qui dégénèrent inévitablement en brigandage, ont décimé la population. Je crois avoir mentionné les suicides, chaque année plus fréquents. Peut-être suis-je égaré par la vieillesse et la crainte, mais je soupçonne que l'espèce humaine — la seule qui soit — est près de s'éteindre, tandis que la

Bibliothèque se perpétuera : éclairée, solitaire, infinie, parfaitement immobile, armée de volumes précieux, inutile, incorruptible, secrète.

Je viens d'écrire *infinie*. Je n'ai pas intercalé cet
adjectif par entraînement rhétorique ; je dis qu'il n'est
pas illogique de penser que le monde est infini. Le
juger limité, c'est postuler qu'en quelque endroit
reculé les couloirs, les escaliers, les hexagones peuvent
disparaître — ce qui est inconcevable, absurde. L'imaginer sans limite, c'est oublier que n'est point sans
limite le nombre de livres possibles. Antique problème où j'insinue cette solution : *la Bibliothèque est
illimitée et périodique.* S'il y avait un voyageur éternel
pour la traverser dans un sens quelconque, les siècles
finiraient par lui apprendre que les mêmes volumes se
répètent toujours dans le même désordre — qui,
répété, deviendrait un ordre : l'Ordre. Ma solitude se
console à cet élégant espoir [1].

1941, Mar del Plata.

Traduction Ibarra.

---

1. Letizia Alvarez de Toledo a observé que cette vaste Bibliothèque
était inutile : il suffirait en dernier ressort *d'un seul volume*, de format
ordinaire, imprimé en corps neuf ou en corps dix, et comprenant un
nombre infini de feuilles infiniment minces. (Cavalieri, au commencement du XVIIe siècle, voyait dans tout corps solide la superposition
d'un nombre infini de plans.) Le maniement de ce soyeux vade-
mecum ne serait pas aisé : chaque feuille apparente se dédoublerait
en d'autres ; l'inconcevable page centrale n'aurait pas d'envers.

EXAMEN
DE L'ŒUVRE D'HERBERT QUAIN

Herbert Quain est mort à Roscommon ; j'ai constaté sans étonnement que le Supplément Littéraire du *Times* lui consacre à peine une demi-colonne de piété nécrologique, dans laquelle il n'y a pas une épithète laudative qui ne soit corrigée (ou sérieusement admonestée) par un adverbe. Le *Spectator*, dans son numéro pertinent, est sans doute moins laconique et peut-être plus cordial, mais il compare le premier livre de Quain — *The god of the labyrinth* — à un livre de Mrs. Agatha Christie et d'autres à ceux de Gertrude Stein : évocations que personne ne jugera inévitables et qui n'auraient pas réjoui le défunt. Celui-ci, par ailleurs, ne s'est jamais cru génial ; pas même dans les soirées péripatéticiennes de conversation littéraire, au cours desquelles l'homme qui a déjà fatigué les presses, joue invariablement à être M. Teste ou le docteur Samuel Johnson... Il se rendait compte avec une entière lucidité du caractère expérimental de ses livres : admirables peut-être par leur originalité et une certaine probité laconique, mais non par les vertus de la passion. *Je suis comme les odes de Cowley*, m'écrivit-il de Longford le 6 mars 1939. *Je n'appartiens pas à l'art, mais à la pure histoire de l'art*. Pour lui, il n'y avait pas de discipline inférieure à l'histoire.

J'ai reproduit un trait de modestie d'Herbert
Quain ; naturellement, cette modestie n'épuise pas sa
pensée. Flaubert et Henry James nous ont habitués à
supposer que les œuvres d'art sont rares et d'une
réalisation laborieuse ; le XVIᵉ siècle (rappelons le
Voyage au Parnasse, rappelons le destin de Shakespeare) ne partageait pas cette opinion désolante.
Herbert Quain non plus. Il lui semblait que la bonne
littérature est assez commune et que c'est à peine si le
dialogue de la rue ne la vaut pas. Il lui semblait aussi
que le fait esthétique ne saurait se passer de quelque
élément de surprise, et qu'il est difficile d'être surpris
de mémoire. Il déplorait avec une souriante sincérité
« la conservation servile et obstinée » de livres du
passé... J'ignore si sa vague théorie est justifiable ; je
sais que ses livres recherchent trop la surprise.

Je déplore d'avoir prêté à une dame, irréversible-
ment, le premier livre qu'il publia. J'ai déclaré qu'il
s'agit d'un roman policier, *The god of the labyrinth* ; je
peux ajouter que l'éditeur le proposa à la vente dans
les derniers jours de novembre 1933. Les premiers
jours de décembre, les agréables et ardues involutions
du *Siamese twin mystery* affairèrent Londres et New
York ; je préfère attribuer à cette coïncidence destruc-
trice l'échec du roman de notre ami. Ainsi qu'à sa
réalisation déficiente (je veux être tout à fait sincère)
et à la vaine et froide pompe de certaines descriptions
de la mer. Au bout de sept ans, il m'est impossible de
reconstituer les détails de l'action ; en voici le plan tel
que mon oubli l'appauvrit maintenant (tel que maintenant il le purifie). Il y a un indéchiffrable assassinat
dans les pages initiales, une lente discussion dans
celles du milieu, une solution dans les dernières. Une
fois l'énigme éclaircie, il y a un long paragraphe
rétrospectif qui contient cette phrase : *Tout le monde
crut que la rencontre des deux joueurs d'échecs avait été*

fortuite. Cette phrase laisse entendre que la solution est erronée. Le lecteur, inquiet, revoit les chapitres pertinents et découvre *une autre* solution, la véritable. Le lecteur de ce livre singulier est plus perspicace que le *détective.*

Encore plus hétérodoxe est le « roman régressif, ramifié » *April March*, dont la troisième (et unique) partie est de 1936. Personne, en jugeant ce roman, ne se refuse à découvrir qu'il s'agit d'un jeu ; il est légitime de rappeler que l'auteur ne l'a jamais considéré autrement. *Je revendique pour cette œuvre*, lui ai-je entendu dire, *les traits essentiels de tout jeu : la symétrie, les lois arbitraires, l'ennui.* Le nom même est un faible *calembour :* il ne signifie pas *Marche d'avril* mais littéralement *Avril mars.* Quelqu'un a perçu dans ses pages un écho des doctrines de Dunne ; le prologue de Quain préfère évoquer ce monde inverse de Bradley, dans lequel la mort précède la naissance, la cicatrice précède la blessure et la blessure précède le coup. (*Appearance and reality*, 1897, page 215[1].) Les mondes que propose *April March* ne sont pas régressifs ; ce qui l'est c'est la manière d'en raconter l'histoire. Régressive et ramifiée, comme je l'ai déjà dit. L'ouvrage comprend treize chapitres. Le premier rapporte le

---

1. Pauvre érudition que celle d'Herbert Quain, pauvre page 215 d'un livre de 1897. Un interlocuteur du *Politique* de Platon, avait déjà décrit une régression du même genre : celle des Enfants de la Terre ou Autochtones qui, soumis à l'influence d'une rotation inverse du cosmos, passèrent de la vieillesse à la maturité, de la maturité à l'enfance, de l'enfance à la disparition et au néant. Théopompe également, dans sa *Philippique*, parle de certains fruits de l'hémisphère boréal, qui provoquent chez celui qui en mange, le même processus rétrograde... Il est plus intéressant d'imaginer une inversion du temps : un état dans lequel nous nous rappellerions l'avenir et nous ignorerions, ou pressentirions à peine le passé. Cf. le chant X de l'*Enfer*, vers 97-102, où l'on compare la vision prophétique à la presbytie.

dialogue ambigu de quelques inconnus sur un quai. Le
second rapporte les événements de la veille du premier. Le troisième, également rétrograde, rapporte les
événements d'*une autre* veille possible du premier; le
quatrième, ceux d'une autre. Chacune de ces trois
veilles (qui s'excluent rigoureusement) se ramifie en
trois autres veilles, de caractère très différent. La
totalité de l'ouvrage comporte donc neuf romans;
chaque roman, trois longs chapitres. (Le chapitre
premier, naturellement, est commun à tous les
romans.) De ces romans, l'un est de caractère symbolique; un autre, surnaturel; un autre, policier; un
autre, psychologique; un autre, communiste; un
autre, anticommuniste, et cætera. Un schéma aidera
peut-être à en comprendre la structure.

$$Z \begin{cases} y1 \begin{cases} x1 \\ x2 \\ x3 \end{cases} \\ y2 \begin{cases} x4 \\ x5 \\ x6 \end{cases} \\ y3 \begin{cases} x7 \\ x8 \\ x9 \end{cases} \end{cases}$$

De cette structure il convient de répéter ce que
Schopenhauer a déclaré à propos des douze catégories
kantiennes: elle sacrifie tout à la rage de la symétrie.
Comme il était à prévoir, un des neuf récits est indigne
de Quain; le meilleur n'est pas celui qu'il imagina en
premier: x4, mais celui de nature fantastique: x9.
D'autres sont gâtés par des plaisanteries languis-
santes et des pseudo-précisions inutiles. Ceux qui le
lisent dans l'ordre chronologique (par exemple: x3,

y1, z) perdent la saveur particulière de ce livre
étrange. Deux récits — x7 et x8 — manquent de valeur
individuelle ; leur juxtaposition fait leur efficacité... Je
ne sais si je dois rappeler qu'une fois *April March*
publié, Quain se repentit de l'ordre ternaire et prédit
que les hommes qui l'imiteraient opteraient pour le
binaire

$$Z \begin{cases} y1 \begin{cases} x1 \\ x2 \end{cases} \\ y2 \begin{cases} x3 \\ x4 \end{cases} \end{cases}$$

et les démiurges et les dieux pour l'infini : histoires
infinies, ramifiées à l'infini.

Très différente, mais rétrospective également, est la
comédie héroïque en deux actes *The secret mirror*.
Dans les ouvrages déjà résumés, la complexité for-
melle avait engourdi l'imagination de l'auteur ; ici,
son évolution est plus libre. Le premier acte (le plus
étendu) se passe dans une maison de campagne du
général Thrale, C.I.E., près de Melton Mowbray. Le
centre invisible de la trame est Miss Ulrica Thrale, la
fille aînée du général. A travers un certain dialogue
nous la devinons amazone et hautaine ; nous soupçon-
nons qu'elle n'a pas l'habitude de fréquenter la littérature ; les journaux annoncent ses fiançailles avec le
duc de Rutland ; les journaux démentent ces fiançailles. Elle est vénérée par un auteur dramatique, Wilfred Quarles ; elle lui a accordé une fois un baiser
distrait. Les personnages sont très fortunés et de
vieille souche ; les sentiments, nobles quoique véhé-
ments ; le dialogue semble hésiter entre la pure
verbosité de Bulwer-Lytton et les épigrammes de
Wilde ou de Mr. Philip Guedalla. Il y a un rossignol et
une nuit : il y a un duel secret sur une terrasse (Il y a

quelque curieuse contradiction et des détails sordides
presque complètement imperceptibles.) Les personnages du premier acte réapparaissent au second, sous
d'autres noms. L' « auteur dramatique » Wilfred
Quarles est un commissionnaire de Liverpool ; son
vrai nom, John William Quigley. Miss Thrale existe ;
Quigley ne l'a jamais vue, mais il collectionne morbi-
dement ses portraits du *Tatler* ou du *Sketch*. Quigley
est l'auteur du premier acte. L'invraisemblable ou
improbable « maison de campagne » est la pension
judéo-irlandaise qu'il habite, transfigurée et exaltée
par lui... La trame des actes est parallèle, mais au
second tout est légèrement horrible, tout est différé ou
échoue. A la première de *The secret mirror*, la critique
prononça les noms de Freud et de Julien Green. La
mention du premier me semble tout à fait injustifiée.

La renommée divulgua que *The secret mirror* était
une comédie freudienne ; cette interprétation propice
(et fallacieuse) en fit le succès. Malheureusement,
Quain avait déjà atteint la quarantaine ; il s'était
acclimaté dans l'échec et ne se résignait pas avec
douceur à un changement de régime. Il décida de
prendre sa revanche. A la fin de 1939, il publia
Statements ; peut-être le plus original de ses livres,
sans doute le moins loué et le plus secret. Quain avait
accoutumé d'argumenter ainsi : les lecteurs étaient
une espèce déjà éteinte. *Il n'y a pas d'Européen*
(raisonnait-il) *qui ne soit un écrivain en puissance ou
en acte*. Il affirmait aussi que des divers bonheurs que
peut procurer la littérature, le plus élevé était l'invention. Puisque tout le monde n'est pas capable de ce
bonheur, beaucoup de gens devront se contenter de
simulacres. C'est pour ces « écrivains imparfaits »,
qui sont légion, que Quain rédigea les huit récits du
livre *Statements*. Chacun d'eux préfigure ou promet un
bon argument volontairement gâché par l'auteur.

L'un d'eux — non le meilleur — insinue *deux* arguments. Le lecteur, distrait par la vanité, croit les avoir inventés. Du troisième, *The rose of yesterday*, je commis l'ingénuité d'extraire *Les ruines circulaires*, un des récits du livre *Le jardin aux sentiers qui bifurquent*.

1941.

Traduction P. Verdevoye.

LE JARDIN
AUX SENTIERS QUI BIFURQUENT

A Victoria Ocampo.

A la page 22 de l'*Histoire de la Guerre Européenne* de Liddell Hart, on lit qu'une offensive de treize divisions britanniques (appuyées par mille quatre cents pièces d'artillerie) contre la ligne Serre-Montauban avait été projetée pour le 24 juillet 1916 et dut être remise au matin du 29. Ce sont les pluies torrentielles (note le capitaine Liddell Hart) qui provoquèrent ce retard — certes, nullement significatif. La déclaration suivante, dictée, relue et signée par le docteur Yu Tsun, ancien professeur d'anglais à la *Hochschule* de Tsingtao, projette une lumière insoupçonnée sur cette affaire. Les deux pages initiales manquent.

« ... et je raccrochai. Immédiatement après, je reconnus la voix qui avait répondu en allemand. C'était celle du capitaine Richard Madden. Madden, dans l'appartement de Viktor Runeberg, cela signifiait la fin de nos angoisses et aussi — mais cela paraissait très secondaire, ou *devait me le paraître* — de nos vies. Cela voulait dire que Runeberg avait été arrêté ou assassiné[1]. Avant que le soleil de ce jour-là ait décliné, j'aurais le même sort. Madden était implacable. Ou plutôt, il était obligé d'être implacable. Irlandais aux ordres de l'Angleterre, accusé de tiédeur et peut-être de trahison, comment n'allait-il pas profiter et être reconnaissant de cette faveur miraculeuse : la découverte, la capture, peut-être l'exécution de deux agents de l'Empire allemand ? Je montai dans ma chambre ; je fermai absurdement la porte à clé et m'allongeai sur mon étroit lit de fer. Par la fenêtre je voyais les toits de toujours et le soleil embrumé de six heures. Il me parut incroyable que ce jour sans prémonitions ni symboles fût celui de ma mort implacable. Malgré la mort de mon père, malgré mon enfance passée dans un jardin symétrique de Haï Feng, allais-je maintenant mourir, moi aussi ? Puis, je pensai que tout nous arrive précisément, précisément maintenant. Des siècles de siècles et c'est seulement dans le présent que les faits se produisent ; des hommes innombrables dans les airs, sur terre et sur mer, et tout ce qui se passe réellement c'est ce qui m'arrive à moi... Le souvenir presque intolérable du visage chevalin de Madden abolit ces divagations. Au milieu de ma haine et de ma terreur (peu m'importe à présent de parler de terreur ; à présent que j'ai joué Richard Madden, à présent que ma gorge souhaite la corde) je pensai que ce guerrier tumultueux et sans doute heureux ne soupçonnait pas que je possédais le Secret. Le nom du lieu précis du nouveau parc d'artillerie britannique sur l'Ancre. Un oiseau raya le

1. Hypothèse odieuse et extravagante. L'espion prussien Hans Rabener surnommé Viktor Runeberg attaqua avec un revolver automatique le porteur de l'ordre d'arrestation, le capitaine Richard Madden. Celui-ci, pour se défendre, lui fit des blessures qui occasionnèrent sa mort. (Note de l'éditeur.)

ciel gris et je le traduisis aveuglément en un aéroplane et celui-ci en un grand nombre d'aéroplanes (dans le ciel français) anéantissant le parc d'artillerie avec des bombes verticales. Si ma bouche, avant d'être fracassée par une balle, pouvait crier ce nom de sorte qu'on l'entendît en Allemagne... Ma voix humaine était bien pauvre. Comment la faire parvenir à l'oreille du Chef ? A l'oreille de cet homme malade et odieux, qui savait seulement de Runeberg et de moi que nous étions dans le Staffordshire et qui attendait en vain de nos nouvelles dans son bureau aride de Berlin, en examinant infiniment les journaux... Je dis à haute voix : *Je dois fuir.* Je me redressai sans bruit, dans un silence inutilement parfait, comme si Madden me guettait déjà. Quelque chose — peut-être le pur désir de me prouver ostensiblement que mes ressources étaient nulles — me fit passer mes poches en revue. J'y trouvai ce que je savais y trouver. Ma montre nord-américaine, sa chaîne de nickel avec sa pièce de monnaie quadrangulaire, le trousseau avec les clés compromettantes et inutiles de l'appartement de Runeberg, mon carnet, une lettre que je décidai de détruire immédiatement (et que je ne détruisis pas), une couronne, deux shillings et quelques pence, mon crayon rouge et bleu, mon mouchoir, mon revolver chargé d'une balle. Je le pris absurdement et le soupesai pour me donner du courage. Je pensai vaguement qu'on peut entendre un coup de revolver de très loin. En dix minutes mon plan était mûr. L'annuaire des téléphones me donna le nom de la seule personne capable de transmettre le renseignement : elle habitait un faubourg de Fenton, à moins d'une demi-heure de train.

Je suis un lâche. Je le dis maintenant, maintenant que j'ai réalisé un plan que personne ne qualifiera pas de risqué. Je sais que l'exécution de ce plan fut terrible. Je n'ai pas fait cela pour l'Allemagne, non. Peu m'importe un pays barbare qui m'a contraint à l'abjection d'être un espion. En outre, je connais un Anglais — un homme modeste — qui n'est pas moins que Gœthe pour moi. Je n'ai pas parlé plus d'une heure avec lui, mais, pendant une heure, il fut Gœthe... J'ai fait cela, parce que je sentais que le Chef méprisait les gens de ma race — les innombrables ancêtres qui confluent en moi. Je voulais lui prouver qu'un jaune pouvait sauver ses armées. En outre, je devais fuir le capitaine. Ses mains et sa voix pouvaient frapper à ma porte d'un moment à l'autre. Je m'habillai sans bruit, me dis adieu dans la glace, descendis, scrutai la rue tranquille, et sortis. La gare n'était pas loin de chez moi, mais je jugeai préférable de prendre une voiture. De cette façon, argumentais-je, le risque d'être reconnu était moindre ; le fait est que, dans la rue déserte, je me sentais infiniment visible et vulnérable. Je me rappelle que je dis au cocher de s'arrêter un peu avant l'entrée centrale. Je descendis avec une lenteur voulue et presque pénible ; j'allais au village d'Ashgrove, mais je pris un billet pour une gare plus éloignée. Le train partait dans quelques minutes, à huit heures cinquante. Je me hâtai ; le prochain partirait à neuf heures et demie. Il n'y avait presque personne sur le quai. Je parcourus les voitures : je me rappelle quelques paysans, une femme en deuil, un jeune homme qui lisait avec ferveur les *Annales* de Tacite, un soldat blessé et heureux. Les voitures démarrèrent enfin. Un homme que je reconnus courut en vain jusqu'à la limite du quai. C'était le capitaine Richard Madden. Anéanti, tremblant, je me blottis à l'autre bout de la banquette, loin de la vitre redoutable.

De cet anéantissement je passai à un bonheur presque abject. Je me dis que le duel était engagé et que j'avais remporté la première manche en déjouant, du moins pour quarante minutes, du moins par une faveur du hasard, l'attaque de mon adversaire. J'en conclus que cette victoire minime préfigurait la victoire totale. J'en conclus qu'elle n'était pas minime, puisque, sans cette différence précieuse que m'accordait l'horaire des trains, je serais en prison, ou mort. J'en conclus (non moins sophistiquement) que mon lâche bonheur prouvait que j'étais homme à bien mener cette aventure. Je trouvai dans cette faiblesse des forces qui ne m'abandonnèrent pas. Je prévois que l'homme se résignera à des entreprises de plus en plus atroces ; bientôt il n'y aura que des guerriers et des bandits ; je leur donne ce conseil : *celui qui se lance dans une entreprise atroce doit s'imaginer qu'il l'a déjà réalisée, il doit s'imposer un avenir irrévocable comme le passé.* C'est ainsi que je procédai, tandis que mes yeux d'homme déjà mort interrogeaient ce jour qui s'écoulait, peut-être le dernier, et la nuit qui s'épanchait. Le train roulait doucement entre des frênes. Il s'arrêta, presque en pleine campagne. Personne ne cria le nom de la gare. *Ashgrove ?* demandai-je à des enfants sur le quai. *Ashgrove*, répondirent-ils. Je descendis.

Une lampe illustrait le quai, mais les visages des enfants restaient dans la zone d'ombre. L'un d'eux me demanda : *Vous allez chez le professeur Stephen Albert ?* Sans attendre de réponse, un autre dit : *La maison est loin d'ici, mais vous ne vous perdrez pas si vous prenez ce chemin à gauche et si, à chaque carrefour, vous tournez à gauche.* Je leur jetai une pièce (la dernière), descendis quelques marches de pierre et entrai dans le chemin solitaire. Celui-ci descendait, lentement. Il était de terre élémentaire ; en haut, les branches se confondaient, la lune basse et ronde semblait m'accompagner.

Un instant, je pensai que Richard Madden avait

pénétré de quelque façon mon dessein désespéré. Je compris bien vite que c'était impossible. Le conseil de toujours tourner à gauche me rappela que tel était le procédé commun pour découvrir la cour centrale de certains labyrinthes. Je m'y entends un peu en fait de labyrinthes : ce n'est pas en vain que je suis l'arrière-petit-fils de ce Ts'ui Pên, qui fut gouverneur du Yunnan et qui renonça au pouvoir temporel pour écrire un roman qui serait encore plus populaire que le *Hung Lu Meng*, et pour construire un labyrinthe dans lequel tous les hommes se perdraient. Il consacra treize ans à ces efforts hétérogènes, mais la main d'un étranger l'assassina et son roman était insensé et personne ne trouva le labyrinthe. Sous des arbres anglais, je méditai : ce labyrinthe perdu, je l'imaginai inviolé et parfait au sommet secret d'une montagne, je l'imaginai effacé par des rizières ou sous l'eau ; je l'imaginai infini, non plus composé de kiosques octogonaux et de sentiers qui reviennent, mais de fleuves, de provinces et de royaumes... Je pensai à un labyrinthe de labyrinthes, à un sinueux labyrinthe croissant qui embrasserait le passé et l'avenir et qui impliquerait les astres en quelque sorte. Plongé dans ces images illusoires, j'oubliai mon destin d'homme poursuivi. Je me sentis, pendant un temps indéterminé, percepteur abstrait du monde. La campagne vague et vivante, la lune, les restes de l'après-midi agirent en moi, ainsi que la déclivité qui éliminait toute possibilité de fatigue. La soirée était intime, infinie. Le chemin descendait et bifurquait, dans les prairies déjà confuses. Une musique aiguë et comme syllabique s'approchait et s'éloignait dans le va-et-vient du vent, affaiblie par les feuilles et la distance. Je pensai qu'un homme peut être l'ennemi d'autres hommes, d'autres moments d'autres hommes, mais non d'un pays ; non des lucioles, des mots, des jardins, des cours d'eau, des couchants. J'arrivai ainsi devant un grand portail rouillé. Entre les grilles je déchiffrai une allée et une sorte de pavillon. Je compris soudain deux choses, la première banale, la seconde presque incroyable : la musique venait du pavillon, la musique était chinoise. C'est pourquoi je l'avais acceptée pleinement, sans y prêter attention. Je ne me rappelle pas s'il y avait une cloche ou un bouton ou si j'appelai en frappant dans mes mains. Le crépitement de la musique continua.

Mais du fond de la maison intime, un lampion approchait : un lampion que les troncs d'arbres rayaient et annulaient par moments, un lampion en papier qui avait la forme des tambours et la couleur de la lune. Un homme de grande taille le portait. Je ne vis pas son visage, car la lumière m'aveuglait. Il ouvrit le portail et dit lentement dans ma langue :

— Je vois que le compatissant Hsi Pêng tient à adoucir ma solitude. Vous voulez sans doute voir le jardin ?

Je reconnus le nom d'un de nos consuls et je répétai, déconcerté :

— Le jardin ?

— Le jardin aux sentiers qui bifurquent.

Quelque chose s'agita dans mon souvenir et je prononçai avec une incompréhensible assurance :

— Le jardin de mon ancêtre Ts'ui Pên.

— Votre ancêtre ? Votre illustre ancêtre ? Entrez.

Le sentier humide zigzaguait comme ceux de mon enfance. Nous arrivâmes dans une bibliothèque de livres orientaux et occidentaux. Je reconnus, reliés en soie jaune, quelques volumes manuscrits de l'Encyclopédie Perdue que dirigea le Troisième Empereur de la Dynastie Lumineuse et qu'on ne donna jamais à l'impression. Le disque du gramophone tournait à côté d'un phénix en bronze. Je me rappelle aussi un grand vase de la famille rose et un autre, antérieur de

plusieurs siècles, ayant cette couleur bleue que nos
artisans ont imitée des potiers persans...

Stephen Albert m'observait en souriant. Il était (je
l'ai déjà dit) très grand, il avait des traits accusés, des
yeux gris et une barbe grise. Il y avait en lui un peu du
prêtre et aussi du marin ; il me raconta plus tard qu'il
avait été missionnaire à Tientsin « avant d'aspirer à
être sinologue ».

Nous nous assîmes ; moi, sur un divan long et bas ;
lui, le dos à la fenêtre et à une grande horloge ronde.
Je calculai que mon poursuivant Richard Madden
n'arriverait pas avant une heure. Ma décision irrévocable pouvait attendre.

— Etonnante destinée que celle de Ts'ui Pên, dit
Stephen Albert. Gouverneur de sa province natale,
docte en astronomie, en astrologie et dans l'interprétation inlassable des livres canoniques, joueur
d'échecs, fameux poète et calligraphe : il abandonna
tout pour composer un livre et un labyrinthe. Il
renonça aux plaisirs de l'oppression, de la justice, du
lit nombreux, des banquets et même de l'érudition et
se cloîtra pendant treize ans dans le Pavillon de la
Solitude Limpide. A sa mort, ses héritiers ne trouvèrent que des manuscrits chaotiques. Sa famille,
comme sans doute vous ne l'ignorez pas, voulut les
adjuger au feu : mais son exécuteur testamentaire —
un moine taoïste ou bouddhiste — insista pour les
faire publier.

— Les hommes de la race de Ts'ui Pên, répliquai-je,
exècrent encore ce moine. Cette publication fut insensée. Le livre est un vague amas de brouillons contradictoires. Je l'ai examiné une fois : au troisième
chapitre le héros meurt, au quatrième il est vivant.
Quant à l'autre entreprise de Ts'ui Pên, son Labyrinthe...

— Voici le Labyrinthe, dit-il, en me montrant un grand secrétaire laqué.

— Un labyrinthe en ivoire ! m'écriai-je. Un labyrinthe minuscule...

— Un labyrinthe de symboles, corrigea-t-il. Un invisible labyrinthe de temps. C'est à moi, barbare anglais, qu'il a été donné de révéler ce mystère transparent. Après plus de cent ans, les détails sont irrécupérables, mais il n'est pas difficile de conjecturer ce qui se passa. Ts'ui Pên a dû dire un jour : *Je me retire pour écrire un livre.* Et un autre : *Je me retire pour construire un labyrinthe.* Tout le monde imagina qu'il y avait deux ouvrages. Personne ne pensa que le livre et le labyrinthe étaient un seul objet. Le Pavillon de la Solitude Limpide se dressait au milieu d'un jardin peut-être inextricable ; ce fait peut avoir suggéré aux hommes un labyrinthe physique. Ts'ui Pên mourut ; personne, dans les vastes terres qui lui appartinrent, ne trouva le labyrinthe ; la confusion qui régnait dans le roman me fit supposer que ce livre était le labyrinthe. Deux circonstances me donnèrent la solution exacte du problème. L'une, la curieuse légende d'après laquelle Ts'ui Pên s'était proposé un labyrinthe strictement infini. L'autre, un fragment de lettre que je découvris.

Albert se leva. Pendant quelques instants, il me tourna le dos ; il ouvrit un tiroir du secrétaire noir et or. Il revint avec un papier jadis cramoisi, maintenant rose, mince et quadrillé. Le renom de calligraphe de Ts'ui Pên était justifié. Je lus sans les comprendre mais avec ferveur ces mots qu'un homme de mon sang avait rédigés d'un pinceau minutieux : *Je laisse aux nombreux avenirs (non à tous) mon jardin aux sentiers qui bifurquent.* Je lui rendis silencieusement la feuille. Albert poursuivit :

— Avant d'avoir exhumé cette lettre, je m'étais

demandé comment un livre pouvait être infini. Je n'avais pas conjecturé d'autre procédé que celui d'un volume cyclique, circulaire. Un volume dont la dernière page fût identique à la première, avec la possibilité de continuer indéfiniment. Je me rappelai aussi cette nuit qui se trouve au milieu des 1 001 Nuits, quand la reine Schéhérazade (par une distraction magique du copiste) se met à raconter textuellement l'histoire des 1 001 Nuits, au risque d'arriver de nouveau à la nuit pendant laquelle elle la raconte, et ainsi à l'infini. J'avais aussi imaginé un ouvrage platonique, héréditaire, transmis de père en fils, dans lequel chaque individu nouveau eût ajouté un chapitre ou corrigé avec un soin pieux la page de ses aînés. Ces conjectures m'ont distrait ; mais aucune ne semblait correspondre, même de loin, aux chapitres contradictoires de Ts'ui Pên. Dans cette perplexité, je reçus d'Oxford le manuscrit que vous avez examiné. Naturellement, je m'arrêtai à la phrase : *Je laisse aux nombreux avenirs (non à tous) mon jardin aux sentiers qui bifurquent.* Je compris presque sur-le-champ ; *le jardin aux sentiers qui bifurquent* était le roman chaotique ; la phrase *nombreux avenirs (non à tous)* me suggéra l'image de la bifurcation dans le temps, non dans l'espace. Une nouvelle lecture générale de l'ouvrage confirma cette théorie. Dans toutes les fictions, chaque fois que diverses possibilités se présentent, l'homme en adopte une et élimine les autres ; dans la fiction du presque inextricable Ts'ui Pên, il les adopte toutes simultanément. Il *crée* ainsi divers avenirs, divers temps qui prolifèrent aussi et bifurquent. De là, les contradictions du roman. Fang, disons, détient un secret ; un inconnu frappe à sa porte ; Fang décide de le tuer. Naturellement, il y a plusieurs dénouements possibles : Fang peut tuer l'intrus, l'intrus peut tuer Fang, tous deux peuvent être saufs, tous deux peuvent mourir, et cœtera. Dans l'ouvrage de Ts'ui Pên, tous les dénouements se produisent ; chacun est le point de départ d'autres bifurcations. Parfois, les sentiers de ce labyrinthe convergent : par exemple, vous arrivez chez moi, mais, dans l'un des passés possibles, vous êtes mon ennemi ; dans un autre, mon ami. Si vous vous résignez à ma prononciation incurable, nous lirons quelques pages.

Son visage, dans le cercle vif de la lampe, était sans doute celui d'un vieillard, mais avec quelque chose d'inébranlable et même d'immortel. Il lut avec une lente précision deux rédactions d'un même chapitre épique. Dans la première, une armée marche au combat en traversant une montagne déserte : l'horreur des pierres et de l'ombre lui fait mépriser la vie et elle remporte facilement la victoire ; dans la seconde, la même armée traverse un palais dans lequel on donne une fête ; le combat resplendissant leur semble une continuation de la fête et ils remportent la victoire. J'écoutais avec une honnête vénération ces vieilles fictions, peut-être moins admirables que le fait qu'elles eussent été imaginées par ma race et qu'un homme d'un empire éloigné me les eût restituées, au cours d'une aventure désespérée, dans une île occidentale. Je me rappelle les mots de la fin, répétés dans chaque rédaction ainsi qu'un commandement secret : *C'est ainsi que combattirent les héros, le cœur admirable et tranquille, l'épée violente, résignés à tuer et à mourir.*

Dès cet instant, je sentis autour de moi et dans l'obscurité de mon corps une invisible, intangible pullulation. Non la pullulation des armées divergentes, parallèles et finalement coalescentes, mais une agitation plus inaccessible, plus intime, qu'elles préfiguraient en quelque sorte. Stephen Albert poursuivit :

— Je ne crois pas que votre illustre ancêtre ait joué inutilement aux variantes. Je ne juge pas vraisembla-

ble qu'il ait sacrifié treize ans à la réalisation infinie
d'une expérience de rhétorique. Dans votre pays, le
roman est un genre subalterne; dans ce temps-là
c'était un genre méprisable. Ts'ui Pên fut un romancier génial, mais il fut aussi un homme de lettres qui
ne se considéra pas sans doute comme un pur romancier. Le témoignage de ses contemporains proclame —
et sa vie le confirme bien — ses goûts métaphysiques,
mystiques. La controverse philosophique usurpe une
bonne partie de son roman. Je sais que de tous les
problèmes, aucun ne l'inquiéta et ne le travailla
autant que le problème abyssal du temps. Eh bien,
c'est le *seul* problème qui ne figure pas dans les pages
du *Jardin*. Il n'emploie pas le mot qui veut dire *temps*.
Comment vous expliquez-vous cette omission volontaire?

Je proposai plusieurs solutions, toutes insuffisantes.
Nous les discutâmes; à la fin, Stephen Albert me dit:

— Dans une devinette dont le thème est le jeu
d'échecs, quel est le seul mot interdit? Je réfléchis un
moment et répondis:

— Le mot *échec*.

— Précisément, dit Albert. *Le jardin aux sentiers qui
bifurquent* est une énorme devinette ou parabole dont
le thème est le temps; cette cause cachée lui interdit
la mention de son nom. Omettre *toujours* un mot,
avoir recours à des métaphores inadéquates et à des
périphrases évidentes, est peut-être la façon la plus
démonstrative de l'indiquer. C'est la façon tortueuse
que préféra l'oblique Ts'ui Pên dans chacun des
méandres de son infatigable roman. J'ai confronté des
centaines de manuscrits, j'ai corrigé les erreurs que la
négligence des copistes y avait introduites, j'ai conjecturé le plan de ce chaos, j'ai rétabli, j'ai cru rétablir,
l'ordre primordial, j'ai traduit l'ouvrage entièrement:
j'ai constaté qu'il n'employait pas une seule fois le

mot *temps*. L'explication en est claire. *Le jardin aux sentiers qui bifurquent* est une image incomplète, mais non fausse, de l'univers tel que le concevait Ts'ui Pên. A la différence de Newton et de Schopenhauer, votre ancêtre ne croyait pas à un temps uniforme, absolu. Il croyait à des séries infinies de temps, à un réseau croissant et vertigineux de temps divergents, convergents et parallèles. Cette trame de temps qui s'approchent, bifurquent, se coupent ou s'ignorent pendant des siècles, embrasse *toutes* les possibilités. Nous n'existons pas dans la majorité de ces temps ; dans quelques-uns vous existez et moi pas ; dans d'autres, moi, et pas vous ; dans d'autres, tous les deux. Dans celui-ci, que m'accorde un hasard favorable, vous êtes arrivé chez moi ; dans un autre, en traversant le jardin, vous m'avez trouvé mort ; dans un autre, je dis ces mêmes paroles, mais je suis une erreur, un fantôme.

— Dans tous, articulai-je non sans un frisson, je vénère votre reconstitution du jardin de Ts'ui Pên et vous en remercie.

— Pas dans tous, murmura-t-il avec un sourire. Le temps bifurque perpétuellement vers d'innombrables futurs. Dans l'un d'eux je suis votre ennemi.

Je sentis de nouveau cette pullulation dont j'ai parlé. Il me sembla que le jardin humide qui entourait la maison était saturé à l'infini de personnages invisibles. Ces personnages étaient Albert et moi, secrets, affairés et multiformes dans d'autres dimensions de temps. Je levai les yeux et le léger cauchemar se dissipa. Dans le jardin jaune et noir il y avait un seul homme ; mais cet homme était fort comme une statue, mais cet homme avançait sur le sentier et était le capitaine Richard Madden.

— L'avenir existe déjà, répondis-je, mais je suis votre ami. Puis-je encore examiner la lettre ?

Albert se leva. Grand, il ouvrit le tiroir du grand secrétaire; il me tourna le dos un moment. J'avais préparé mon revolver. Je tirai avec un soin extrême : Albert s'effondra sans une plainte, immédiatement. Je jure que sa mort fut instantanée : un foudroiement.

Le reste est irréel, insignifiant. Madden fit irruption, m'arrêta. J'ai été condamné à la pendaison. J'ai vaincu abominablement : j'ai communiqué à Berlin le nom secret de la ville qu'on doit attaquer. On l'a bombardée hier : je l'ai lu dans les journaux mêmes qui proposèrent à l'Angleterre cette énigme : le savant sinologue Stephen Albert est mort assassiné par un inconnu, Yu Tsun. Le Chef a déchiffré l'énigme. Il sait que mon problème consistait à indiquer (à travers le fracas de la guerre) la ville qui s'appelle Albert et que je n'avais pas trouvé d'autre moyen que de tuer une personne de ce nom. Il ne connait pas (personne ne peut connaître) ma contrition et ma lassitude innombrables.

Traduction P. Verdevoye.

Artifices

(1944)

PROLOGUE

Bien que d'une réalisation moins maladroite, les pièces de ce livre ne diffèrent pas de celles qui constituent le précédent. Deux, peut-être, permettent qu'on s'y arrête : La mort et la boussole, Funes ou la mémoire. La seconde est une longue métaphore de l'insomnie. La première, malgré les noms allemands ou scandinaves, a pour cadre un Buenos Aires de rêve : la tortueuse rue de Toulon est le Paseo de Julio ; Triste-le-Roy, l'hôtel où Herbert Ashe reçut, et peut-être ne lut pas, le tome XIe d'une encyclopédie illusoire. Après avoir rédigé cette fiction, j'ai pensé qu'il conviendrait d'amplifier le temps et l'espace qu'elle embrasse : la vengeance pourrait être héritée ; les délais pourraient se calculer par années, peut-être par siècles ; la première lettre du Nom pourrait être articulée en Islande ; la seconde, au Mexique ; la troisième, dans l'Hindoustan. Ajouterai-je qu'il y eut des saints parmi les Hasidim et que le sacrifice de quatre vies pour obtenir les quatre lettres imposées par le Nom est une fantaisie que me dicta la forme de mon récit ?

J. L. B.
Buenos Aires, 29 août 1944.

Post-scriptum de 1956 — J'ai ajouté trois contes à la série : Le Sud, La secte du Phénix, La fin [1]. *Sauf un personnage, Recabarren, dont l'immobilité et la passivité servent de contraste, rien, ou presque rien, n'est de mon invention dans le cours bref de ce dernier ; tout ce que l'on y trouve est implicitement dans un livre fameux dont j'ai été le premier à approfondir, ou du moins à éclaircir le contenu. Dans l'allégorie du Phénix je me suis imposé le problème de suggérer un fait commun — le Secret — d'une façon hésitante et graduelle, qui, finalement, n'admette pas d'équivoque ; j'ignore jusqu'à quel point j'ai été bien inspiré. Quant à* Le Sud *— peut-être mon meilleur conte — il me suffira de prévenir qu'il est possible de le lire comme un récit direct de faits romanesques, et aussi autrement.*

Schopenhauer, De Quincey, Stevenson, Mauthner, Shaw, Chesterton, Léon Bloy font partie de la liste hétérogène des auteurs que je relis continuellement. Dans la fantaisie christologique intitulée Trois versions de Judas, *je crois sentir la lointaine influence du dernier.*

Traduction P. Verdevoye.

---

1. Les deux contes *Le Sud* et *La fin*, précédemment traduits dans *L'auteur et autres textes* (1965), ont été réintégrés à leur place dans la présente édition. *(N.d.E.)*

FUNES OU LA MÉMOIRE

Je me le rappelle (je n'ai pas le droit de prononcer ce verbe sacré ; un seul homme au monde eut ce droit et cet homme est mort) une passionnaire sombre à la main, voyant cette fleur comme aucun être ne l'a vue, même s'il l'a regardée du crépuscule de l'aube au crépuscule du soir, toute une vie entière. Je me rappelle son visage taciturne d'indien, singulièrement *lointain* derrière sa cigarette. Je me rappelle (je crois) ses mains rudes de tresseur. Je me rappelle, près de ses mains, un maté aux armes de l'Uruguay ; je me rappelle, à la fenêtre de sa maison, une natte jaune avec un vague paysage lacustre. Je me rappelle distinctement sa voix, la voix posée, aigrie et nasillarde de l'ancien habitant des faubourgs sans les sifflements italiens de maintenant. Je ne l'ai pas vu plus de trois fois ; la dernière en 1887... Je trouve très heureux le projet de demander à tous ceux qui l'ont fréquenté d'écrire à son sujet ; mon témoignage sera peut-être le plus bref et sans doute le plus pauvre, mais non le moins impartial du volume que vous éditerez. Ma déplorable condition d'Argentin m'empêchera de tomber dans le dithyrambe — genre obligatoire en Uruguay quand il s'agit de quelqu'un du pays. — *Littérateur, rat de ville, Buenos-airien* ; Funes ne prononça pas ces mots injurieux, mais je sais suffisamment que je symbolisais pour lui ces calamités. Pedro Leandro Ipuche a écrit que Funes était un précurseur des surhommes « un Zarathoustra à l'état sauvage et vernaculaire » ; je ne discute pas, mais il ne faut pas oublier qu'il était aussi un gars du bourg de Fray Bentos, incurablement borné pour certaines choses.

Mon premier souvenir de Funes est très net. Je le vois une fin d'après-midi de mars ou de février de quatre-vingt-quatre. Cette année-là, mon père m'avait emmené passer l'été à Fray Bentos. Je revenais de l'estancia de San Francisco avec mon cousin Bernardo Haedo. Nous rentrions en chantant, à cheval ; et cette promenade n'était pas la seule raison de mon bonheur. Après une journée étouffante, des nuages énormes couleur d'ardoise avaient caché le ciel. Le vent du sud excitait l'orage ; déjà les arbres s'affolaient ; je craignais (j'espérais) que l'eau élémentaire nous surprît en rase campagne. Nous fîmes une sorte de course avec l'orage. Nous entrâmes dans une rue qui s'enfonçait entre deux très hauts trottoirs en brique. Le temps s'était obscurci brusquement ; j'entendis des pas rapides et presque secrets au-dessus de ma tête ; je levai les yeux et vis un jeune garçon qui courait sur le trottoir étroit et défoncé comme sur un mur étroit et défoncé. Je me rappelle son pantalon bouffant, ses espadrilles ; je me rappelle sa cigarette dans un visage dur, pointant vers le gros nuage déjà illimité. Bernard lui cria imprévisiblement : *Quelle heure est-il Irénée ?* Sans consulter le ciel, sans s'arrêter, l'autre répondit : *Dans quatre minutes, il sera huit heures, monsieur Bernardo Juan Francisco.* Sa voix était aiguë, moqueuse.

Je suis si distrait que le dialogue que je viens de rapporter n'aurait pas attiré mon attention si mon cousin, stimulé (je crois) par un certain orgueil local et par le désir de se montrer indifférent à la réponse tripartite de l'autre, n'avait pas insisté.

Il me dit que le jeune garçon rencontré dans la rue était un certain Irénée Funes, célèbre pour certaines bizarreries. Ainsi, il ne fréquentait personne et il savait toujours l'heure, comme une montre. Mon cousin ajouta qu'il était le fils d'une repasseuse du village, Maria Clementina Funes ; certains disaient que son père, un Anglais, O'Connor, était médecin à la fabrique de salaisons et les autres, dresseur ou guide du département du Salto. Il habitait avec sa mère, à deux pas de la propriété des Lauriers.

En quatre-vingt-cinq et en quatre-vingt-six, nous passâmes l'été à Montevideo. En quatre-vingt-sept, je retournai à Fray Bentos. Naturellement, je demandai des nouvelles de toutes les connaissances et, finalement, du « chronométrique Funes ». On me répondit qu'il avait été renversé par un cheval demi-sauvage, dans l'estancia de San Francisco, et qu'il était devenu infirme irrémédiablement. Je me rappelle l'impression magique, gênante que cette nouvelle me produisit : la seule fois que je l'avais vu, nous venions à cheval de San Francisco, et il marchait sur un lieu élevé ; le fait, raconté par mon cousin Bernardo, tenait beaucoup du rêve élaboré avec des éléments antérieurs. On me dit qu'il ne quittait pas son lit, les yeux fixés sur le figuier du fond ou sur une toile d'araignée. Au crépuscule, il permettait qu'on l'approchât de la fenêtre. Il poussait l'orgueil au point de se comporter comme si le coup qui l'avait foudroyé était bienfaisant... Je le vis deux fois derrière la grille qui accentuait grossièrement sa condition d'éternel prisonnier : une fois, immobile, les yeux fermés ; une autre, immobile aussi, plongé dans la contemplation d'un brin odorant de santonine.

A cette époque j'avais commencé, non sans quelque

fatuité, l'étude méthodique du latin. Ma valise
incluait le *De viris illustribus* de Lhomond, le *Thesaurus* de Quicherat, les commentaires de Jules César et
un volume dépareillé de la *Naturalis Historia* de Pline,
qui dépassait (et dépasse encore) mes modestes
connaissances de latiniste. Tout s'ébruite dans un
petit village : Irénée, dans son ranch des faubourgs, ne
tarda pas à être informé de l'arrivage de mes livres
anormaux. Il m'adressa une lettre fleurie et cérémonieuse dans laquelle il me rappelait notre rencontre,
malheureusement fugitive « du sept février quatre-
vingt-quatre » ; il vantait les glorieux services que
Don Gregorio Haedo, mon oncle, décédé cette même
année, « avait rendus à nos deux patries dans la
vaillante journée d'Ituzaingo » et sollicitait le prêt de
l'un quelconque de mes livres, accompagné d'un
dictionnaire « pour la bonne intelligence du texte
original, car j'ignore encore le latin ». Il promettait de
les rendre en bon état, presque immédiatement.
L'écriture était parfaite, très déliée ; l'orthographe, du
type préconisé par André Bello : *i* pour *y*, *j* pour *g*. Au
début, naturellement, je craignis une plaisanterie.
Mes cousins m'assurèrent que non, que cela faisait
partie des bizarreries d'Irénée. Je ne sus pas s'il fallait
attribuer à de l'effronterie, de l'ignorance ou de la
stupidité l'idée que le latin ardu ne demandait pas
d'autre instrument qu'un dictionnaire ; pour le
détromper pleinement je lui envoyai le *Gradus ad
Parnassum* de Quicherat et l'ouvrage de Pline.

Le 14 février un télégramme de Buenos Aires m'enjoignait de rentrer immédiatement, car mon père
n'était « pas bien du tout ». Dieu me pardonne ; le
prestige que me valut le fait d'être le destinataire d'un
télégramme urgent, le désir de communiquer à tout
Fray Bentos la contradiction entre la forme négative
de la nouvelle et l'adverbe péremptoire, la tentation

de dramatiser ma douleur en feignant un stoïcisme viril, durent me distraire de toute possibilité de douleur. En faisant ma valise, je remarquai que le *Gradus* et le premier tome de la *Naturalis Historia* me manquaient. Le « Saturne » levait l'ancre le lendemain matin ; ce soir-là, après le dîner, je me rendis chez Funes. Je fus étonné de constater que la nuit était aussi lourde que le jour.

La mère de Funes me reçut dans le ranch bien entretenu. Elle me dit qu'Irénée était dans la pièce du fond, et de ne pas être surpris si je le trouvais dans l'obscurité, car Irénée passait habituellement les heures mortes sans allumer la bougie. Je traversai le patio dallé, le petit couloir, j'arrivai dans le deuxième patio. Il y avait une treille ; l'obscurité put me paraître totale. J'entendis soudain la voix haute et moqueuse d'Irénée. Cette voix parlait en latin ; cette voix (qui venait des ténèbres) articulait avec une traînante délectation un discours, une prière ou une incantation. Les syllabes romaines résonnèrent dans le patio de terre ; mon effroi les croyait indéchiffrables, interminables ; puis, dans l'extraordinaire dialogue de cette nuit, je sus qu'elles constituaient le premier paragraphe du vingt-quatrième chapitre du livre VII de la *Naturalis Historia*. Le sujet de ce chapitre est la mémoire ; les derniers mots furent : *ut nihil non iisdem verbis redderetur auditum*.

Sans le moindre changement de voix, Irénée me dit d'entrer. Il fumait dans son lit. Il me semble que je ne vis pas son visage avant l'aube ; je crois me rappeler la braise momentanée de sa cigarette. la pièce sentait vaguement l'humidité. Je m'assis ; je répétai l'histoire du télégramme et de la maladie de mon père.

J'en arrive maintenant au point le plus délicat de mon récit. Celui-ci (il est bon que le lecteur le sache maintenant) n'a pas d'autre sujet que ce dialogue d'il y a déjà un demi-siècle. Je n'essaierai pas d'en reproduire les mots, irrécupérables maintenant. Je préfère résumer véridiquement la foule de choses que me dit Irénée. Le style indirect est lointain et faible ; je le sais : je sacrifie l'efficacité de mon récit ; que mes lecteurs imaginent les périodes entrecoupées qui m'accablèrent cette nuit-là.

Irénée commença par énumérer, en latin et en espagnol, les cas de mémoire prodigieuse consignés par la *Naturalis Historia* : Cyrus, le roi des Perses, qui pouvait appeler par leur nom tous les soldats de ses armées ; Mithridate Eupator qui rendait la justice dans les vingt-deux langues de son empire ; Simonide, l'inventeur de la mnémotechnie ; Métrodore, qui professait l'art de répéter fidèlement ce qu'on avait entendu une seule fois. Il s'étonna avec une bonne foi évidente que de tels cas pussent surprendre. Il me dit qu'avant cette après-midi pluvieuse où il fut renversé par un cheval pie, il avait été ce que sont tous les chrétiens : un aveugle, un sourd, un écervelé, un oublieux. (J'essayai de lui rappeler sa perception exacte du temps, sa mémoire des noms propres ; il ne m'écouta pas.) Pendant dix-neuf ans il avait vécu comme dans un rêve : il regardait sans voir, il entendait sans entendre, il oubliait tout, presque tout. Dans sa chute, il avait perdu connaissance ; quand il était revenu à lui, le présent ainsi que les souvenirs les plus anciens et les plus banals étaient devenus intolérables à force de richesse et de netteté. Il s'aperçut peu après qu'il était infirme. Le fait l'intéressa à peine. Il estima (sentit) que l'immobilité n'était qu'un prix minime. Sa perception et sa mémoire étaient maintenant infaillibles.

D'un coup d'œil, nous percevons trois verres sur une table ; Funes, lui, percevait tous les rejets, les grappes et les fruits qui composent une treille. Il connaissait les formes des nuages austraux de l'aube du trente avril mil huit cent quatre-vingt-deux et pouvait les comparer au souvenir des marbrures d'un livre en papier espagnol qu'il n'avait regardé qu'une fois et aux lignes de l'écume soulevée par une rame sur le Rio Negro la veille du combat du Quebracho. Ces souvenirs n'étaient pas simples ; chaque image visuelle était liée à des sensations musculaires, thermiques, etc. Il pouvait reconstituer tous les rêves, tous les demi-rêves. Deux ou trois fois il avait reconstitué un jour entier ; il n'avait jamais hésité, mais chaque reconstitution avait demandé un jour entier. Il me dit : *J'ai à moi seul plus de souvenirs que n'en peuvent avoir eu tous les hommes depuis que le monde est monde* et aussi : *Mes rêves sont comme votre veille.* Et aussi, vers l'aube : *Ma mémoire, monsieur, est comme un tas d'ordures.* Une circonférence sur un tableau, un triangle rectangle, un losange, sont des formes que nous pouvons percevoir pleinement ; de même Irénée percevait les crins embroussaillés d'un poulain, quelques têtes de bétail sur un coteau, le feu changeant et la cendre innombrable, les multiples visages d'un mort au cours d'une longue veillée. Je ne sais combien d'étoiles il voyait dans le ciel.

Voilà les choses qu'il m'a dites ; ni alors ni depuis je ne les ai mises en doute. Dans ce temps-là il n'y avait pas de cinématographe ni de phonographe ; il est cependant invraisemblable et même incroyable que personne n'ait fait une expérience avec Funes. Ce qu'il y a de certain c'est que nous remettons au lendemain tout ce qui peut être remis ; nous savons peut-être profondément que nous sommes immortels et que, tôt ou tard, tout homme fera tout et saura tout.

La voix de Funes continuait à parler, du fond de l'obscurité.

Il me dit que vers 1886, il avait imaginé un système

original de numération et qu'en très peu de jours il avait dépassé le nombre vingt-quatre mille. Il ne l'avait pas écrit, car ce qu'il avait pensé une seule fois ne pouvait plus s'effacer de sa mémoire. Il fut d'abord, je crois, conduit à cette recherche par le mécontentement que lui procura le fait que les Trente-Trois Orientaux [1] exigeaient deux signes et deux mots, au lieu d'un seul mot et d'un seul signe. Il appliqua ensuite ce principe extravagant aux autres nombres. Au lieu de sept mille treize, il disait (par exemple), *Maxime Pérez* ; au lieu de sept mille quatorze, *Le chemin de fer* ; d'autres nombres étaient *Luis Melian Lafinur, Olimar, soufre, le bât, la baleine, le gaz, la chaudière, Napoléon, Augustin de Vedia.* Au lieu de cinq cents il disait *neuf*. Chaque mot avait un signe particulier, une sorte de marque ; les derniers étaient très compliqués... J'essayai de lui expliquer que cette rhapsodie de mots décousus était précisément le contraire d'un système de numération. Je lui dis que dire 365 c'était dire trois centaines, six dizaines, cinq unités : analyse qui n'existe pas dans les « nombres » *Le Nègre Timothée* ou *couverture de chair*. Funes ne me comprit pas ou ne voulut pas me comprendre.

Locke, au xviie siècle postula (et réprouva) une langue impossible dans laquelle chaque chose individuelle, chaque pierre, chaque oiseau et chaque branche eût un nom propre ; Funes projeta une fois une langue analogue mais il la rejeta parce qu'elle lui semblait trop générale, trop ambiguë. En effet, non seulement Funes se rappelait chaque feuille de chaque arbre de chaque bois, mais chacune des fois qu'il l'avait vue ou imaginée. Il décida de réduire chacune de ses journées passées à quelque soixante-dix mille souvenirs, qu'il définirait ensuite par des chiffres. Il en

---

1. Qui furent à l'origine de la création de l'Uruguay. (*N.d.T.*)

fut dissuadé par deux considérations : la conscience
que la besogne était interminable, la conscience
qu'elle était inutile. Il pensa qu'à l'heure de sa mort il
n'aurait pas fini de classer tous ses souvenirs d'enfance.

Les deux projets que j'ai indiqués (un vocabulaire
infini pour la série naturelle des nombres, un inutile
catalogue mental de toutes les images du souvenir)
sont insensés, mais révèlent une certaine grandeur
balbutiante. Ils nous laissent entrevoir ou déduire le
monde vertigineux de Funes. Celui-ci, ne l'oublions
pas, était presque incapable d'idées générales, plato-
niques. Non seulement il lui était difficile de comprendre que le symbole générique *chien* embrassât tant
d'individus dissemblables et de formes diverses ; cela
le gênait que le chien de trois heures quatorze (vu de
profil) eût le même nom que le chien de trois heures
un quart (vu de face). Son propre visage dans la glace,
ses propres mains, le surprenaient chaque fois. Swift
raconte que l'empereur de Lilliput discernait le mouvement de l'aiguille des minutes ; Funes discernait
continuellement les avances tranquilles de la corrup-
tion, des caries, de la fatigue. Il remarquait les progrès
de la mort, de l'humidité. Il était le spectateur
solitaire et lucide d'un monde multiforme, instantané
et presque intolérablement précis. Babylone, Londres
et New York ont accablé d'une splendeur féroce
l'imagination des hommes ; personne, dans leurs tours
populeuses ou leurs avenues urgentes, n'a senti la
chaleur et la pression d'une réalité aussi infatigable
que celle qui le jour et la nuit convergeait sur le
malheureux Irénée, dans son pauvre faubourg sud-
américain. Il lui était très difficile de dormir. Dormir
c'est se distraire du monde ; Funes, allongé dans son
lit, dans l'ombre, se représentait chaque fissure et
chaque moulure des maisons précises qui l'entou-

raient. (Je répète que le moins important de ses souvenirs était plus minutieux et plus vif que notre perception d'une jouissance ou d'un supplice physique.) Vers l'Est, dans une partie qui ne constituait pas encore un pâté de maisons, il y avait des bâtisses neuves, inconnues. Funes les imaginait noires, compactes, faites de ténèbres homogènes ; il tournait la tête dans leur direction pour dormir. Il avait aussi l'habitude de s'imaginer dans le fond du fleuve, bercé et annulé par le courant.

Il avait appris sans effort l'anglais, le français, le portugais, le latin. Je soupçonne cependant qu'il n'était pas très capable de penser. Penser c'est oublier des différences, c'est généraliser, abstraire. Dans le monde surchargé de Funes il n'y avait que des détails, presque immédiats.

La clarté craintive de l'aube entra par le patio de terre.

Je vis alors le visage de la voix qui avait parlé toute la nuit. Irénée avait dix-neuf ans ; il était né en 1868 ; il me parut monumental comme le bronze, plus ancien que l'Égypte, antérieur aux prophéties et aux pyramides. Je pensai que chacun de mes mots (que chacune de mes attitudes) demeurerait dans son implacable mémoire ; je fus engourdi par la crainte de multiplier des gestes inutiles.

Irénée Funes mourut en 1889, d'une congestion pulmonaire.

1942.

Traduction P. Verdevoye.

LA FORME DE L'ÉPÉE

A. E. H. M.

Une balafre rancunière lui sillonnait le visage : arc
gris cendre et presque parfait qui d'un côté lui
flétrissait la tempe et de l'autre la pommette. Son vrai
nom n'importe pas ; à Tacuarembo on l'appelait
l'Anglais de la *Colorada*. Cardoso, le propriétaire de
ces terres, ne voulait pas vendre ; j'ai entendu dire que
l'Anglais avait eu recours à un argument imprévisible : il lui avait confié l'histoire secrète de sa cicatrice.
L'Anglais venait de la frontière, de Rio Grande del
Sur ; il se trouva des gens pour dire qu'il avait été
contrebandier au Brésil. Les terres étaient en friche ;
les eaux, amères ; l'Anglais, pour remédier à ces
déficiences, travailla autant que ses péons. On dit
qu'il était sévère jusqu'à la cruauté, mais scrupuleuse-
ment juste. On dit aussi qu'il buvait : plusieurs fois
l'an il s'enfermait dans la pièce du mirador et en
émergeait deux ou trois jours plus tard comme d'une
bataille ou d'un vertige, pâle, tremblant, effaré et
aussi autoritaire qu'auparavant. Je me rappelle son
regard glacial, sa maigreur énergique, sa moustache
grise. Il ne fréquentait personne ; il est vrai que son

espagnol était rudimentaire et mêlé de brésilien. Excepté quelques lettres commerciales ou quelques brochures il ne recevait pas de correspondance.

La dernière fois que je parcourus les départements du Nord, une crue de la rivière Caraguata m'obligea à passer la nuit à la *Colorada*. Au bout de quelques minutes je crus remarquer que mon apparition était inopportune ; j'essayai de gagner les bonnes grâces de l'Anglais ; j'eus recours à la moins perspicace des passions : le patriotisme. Je dis qu'un pays ayant l'esprit de l'Angleterre était invincible. Mon interlocuteur acquiesça, mais il ajouta avec un sourire qu'il n'était pas Anglais. Il était Irlandais de Dungarvan. Cela dit, il s'arrêta comme s'il avait révélé un secret.

Après le dîner nous sortîmes pour regarder le ciel. Il s'était éclairci, mais derrière les coteaux, le Sud, fendillé et zébré d'éclairs, tramait un autre orage. Dans la salle à manger délabrée, le péon qui avait servi le dîner apporta une bouteille de rhum. Nous bûmes longuement, en silence.

J'ignore l'heure qu'il était quand je remarquai que j'étais ivre ; je ne sais quelle inspiration, quelle exultation ou quel dégoût me fit parler de la cicatrice. Le visage de l'Anglais s'altéra ; pendant quelques secondes je pensai qu'il allait me mettre à la porte. A la fin il me dit de sa voix habituelle :

— Je vous raconterai l'histoire de ma blessure à une condition : je n'en atténuerai ni l'opprobre ni les circonstances infamantes.

J'acquiesçai. Voici l'histoire qu'il raconta en faisant alterner l'anglais et l'espagnol et même le portugais.

« Vers 1922, dans une des villes du Connaught, j'étais un des nombreux Irlandais qui conspiraient pour l'indépendance de leur pays. Quelques-uns de mes compagnons survivants se sont consacrés à des besognes pacifiques ; d'autres, paradoxalement, se battent sur les mers et dans le désert, sous les couleurs anglaises ; un autre, celui qui avait le plus de valeur, mourut dans la cour d'une caserne, à l'aube, fusillé par des hommes à moitié endormis ; d'autres (non les plus malheureux) furent entraînés par leur destin dans les batailles anonymes et presque secrètes de la guerre civile. Nous étions républicains, catholiques, je soupçonne que nous étions romantiques. L'Irlande n'était pas seulement pour nous l'avenir utopique et l'intolérable présent ; elle était une mythologie amère et affectueuse, les tours circulaires et les marais rouges, le renvoi de Parnell et les immenses épopées qui chantent les taureaux volés qui dans une autre incarnation avaient été des héros et dans une autre des poissons et des montagnes... A la fin d'un après-midi que je n'oublierai jamais, arriva un affilié de Munster : un certain John Vincent Moon.

Il avait à peine vingt ans. Il était maigre et flasque à la fois ; il donnait l'impression désagréable d'être invertébré. Il avait étudié avec ferveur et fatuité presque toutes les pages de je ne sais quel manuel communiste ; le matérialisme dialectique lui servait à trancher n'importe quelle discussion. Les raisons qu'un homme peut avoir pour en haïr un autre ou l'aimer sont infinies. Moon réduisait l'histoire universelle à un sordide conflit économique. Il affirmait que la révolution était prédestinée à triompher. Je lui dis qu'un *gentleman* ne peut s'intéresser qu'à des causes perdues... Il faisait déjà nuit ; nous continuâmes à dissentir dans le couloir, dans les escaliers, puis dans les rues vagues. Les jugements de Moon m'impressionnèrent moins que le ton apodictique intransigeant. Le nouveau camarade ne discutait pas, il décrétait avec dédain et avec une certaine colère.

Quand nous arrivâmes aux dernières maisons, une brusque fusillade nous assourdit. (Avant ou après, nous longeâmes le mur aveugle d'une usine ou d'une caserne.) Nous pénétrâmes dans une rue en terre ; un soldat, énorme dans la lueur, surgit d'une cabane incendiée. Il nous cria de nous arrêter. Je pressai le pas ; mon camarade ne me suivit pas. Je me retournai : John Vincent Moon était immobile, fasciné et comme éternisé par la terreur. Alors je revins sur mes pas, j'abattis le soldat d'un seul coup, je secouai Vincent Moon, je l'insultai et lui ordonnai de me suivre. Je dus le prendre par le bras ; l'émotion et la peur le paralysaient. Nous prîmes la fuite dans la nuit trouée d'incendies. Une décharge de coups de feu nous chercha ; une balle frôla l'épaule droite de Moon ; celui-ci, pendant que nous fuyions entre des pins, se mit à sangloter doucement.

Cet automne de 1922 je m'étais réfugié dans la propriété du général Berkeley. Ce dernier (que je n'avais jamais vu) remplissait je ne sais quelle fonction administrative au Bengale ; l'édifice avait moins d'un siècle mais il était délabré et opaque et abondait en couloirs perplexes et en vaines antichambres. Le musée et l'énorme bibliothèque usurpaient le rez-de-chaussée : livres incompatibles de controverses qui sont en quelque sorte l'histoire du XIXᵉ siècle ; cimeterres de Nichapour, sur les arcs de cercle arrêtés desquels semblaient s'éterniser le vent et la violence de la bataille. Nous entrâmes (je crois) par-derrière. Moon, la bouche tremblante et sèche, murmura que les épisodes de la nuit étaient intéressants ; je lui fis un pansement, je lui apportai une tasse de thé ; je pus constater que sa « blessure » était superficielle. Soudain, il balbutia, perplexe :

— Mais vous vous êtes sensiblement exposé.

Je lui dis de ne pas s'inquiéter. (L'habitude de la guerre civile m'avait poussé à agir comme je l'avais fait; d'ailleurs, la capture d'un seul affilié pouvait compromettre notre cause.)

Le lendemain, Moon avait retrouvé son aplomb. Il accepta une cigarette et me soumit à un sévère interrogatoire sur les « ressources économiques de notre parti révolutionnaire ». Ses questions étaient très lucides; je lui dis (c'était vrai) que la situation était grave. De profondes fusillades ébranlèrent le Sud. Je dis à Moon que nos compagnons nous atendaient. Mon pardessus et mon revolver étaient dans ma chambre; quand je revins, je trouvai Moon allongé sur le sofa, les yeux fermés. Il supposa qu'il avait la fièvre; il prétexta un spasme douloureux dans l'épaule.

Je compris alors que sa lâcheté était irrémédiable. Je le priai gauchement de se soigner et pris congé. Cet homme apeuré me faisait honte comme si c'était moi le lâche et non Vincent Moon. Ce que fait un homme c'est comme si tous les hommes le faisaient. Il n'est donc pas injuste qu'une désobéissance dans un jardin ait pu contaminer l'humanité; il n'est donc pas injuste que le crucifiement d'un seul juif ait suffi à la sauver. Schopenhauer a peut-être raison : je suis les autres, n'importe quel homme est tous les hommes. Shakespeare est en quelque sorte le misérable John Vincent Moon.

Nous passâmes neuf jours dans l'énorme demeure du général. Je ne dirai rien des agonies et des éclats de la guerre : mon dessein est de raconter l'histoire de cette cicatrice qui m'outrage. Ces neuf jours, dans mon souvenir, n'en font qu'un seul, sauf l'avant-dernier, quand les nôtres firent irruption dans une caserne et que nous pûmes venger exactement les seize camarades mitraillés à Elphin. Je me glissai hors de la maison à l'aube, dans la confusion du crépuscule. A la tombée de la nuit j'étais de retour. Mon

compagnon m'attendait au premier étage : sa blessure ne lui permettait pas de descendre au rez-de-
chaussée. Je me le rappelle un livre de stratégie à la
main : F. N. Maude ou Clausewitz. « L'arme que je
préfère c'est l'artillerie », m'avoua-t-il une nuit. Il
cherchait à connaître nos plans ; il aimait les critiquer
ou les réformer. Il dénonçait souvent aussi notre
« déplorable base économique » ; dogmatique et sombre, il prophétisait une fin désastreuse. « C'est une
affaire flambée [1] », murmurait-il. Pour montrer qu'il
lui était indifférent d'être un lâche physiquement, il
exaltait son orgueil mental. Ainsi passèrent neuf jours,
tant bien que mal.

Le dixième, la ville tomba définitivement aux mains
des *Black and Tans*. De grands cavaliers silencieux
patrouillaient sur les routes ; il y avait des cendres et
de la fumée dans le vent ; à un coin de rue je vis un
cadavre étendu, moins tenace dans mon souvenir
qu'un mannequin sur lequel les soldats s'exerçaient
interminablement à tirer, au milieu de la place... Sorti
quand l'aube était dans le ciel, je rentrai avant midi.
Moon, dans la bibliothèque, parlait avec quelqu'un ; le
ton de sa voix me fit comprendre qu'il téléphonait.
Puis j'entendis mon nom ; puis que je rentrai à sept
heures ; puis l'indication qu'il fallait m'arrêter quand
je traverserais le jardin. Mon raisonnable ami était en
train de me vendre raisonnablement. Je l'entendis
exiger des garanties de sécurité personnelle.

Ici mon histoire devient confuse et s'égare. Je sais
que je poursuivis le délateur à travers de noirs
corridors cauchemardants et de profonds escaliers
vertigineux. Moon connaissait très bien la maison,
sensiblement mieux que moi. Je le perdis une fois ou
deux. Je l'acculai avant que les soldats m'eussent

1. En français dans le texte.

arrêté. J'arrachai un cimeterre à l'une des panoplies
du général ; avec ce croissant d'acier j'imprimai pour
toujours sur son visage un croissant de sang. Borges,
je vous ai fait cette confession à vous, un inconnu.
Votre mépris ne m'est pas si douloureux.

Ici le narrateur s'arrêta. Je remarquai que ses mains
tremblaient.

— Et Moon ? demandai-je.

— Il toucha les deniers de Judas et s'enfuit au
Brésil. Cet après-midi-là, sur la place, je vis des
ivrognes fusiller un mannequin.

J'attendis vainement la suite de l'histoire. A la fin je
lui dis de poursuivre.

Alors un gémissement le parcourut ; alors il me
montra avec une faible douceur la cicatrice courbe et
blanchâtre.

— Vous ne me croyez pas ? balbutia-t-il. Ne voyez-
vous pas que la marque de mon infamie est écrite sur
ma figure ? Je vous ai raconté l'histoire de cette façon
pour que vous l'écoutiez jusqu'à la fin. J'ai dénoncé
l'homme qui m'avait protégé : je suis Vincent Moon.
Maintenant, méprisez-moi.

1942.

Traduction P. Verdevoye.

THÈME DU TRAÎTRE ET DU HÉROS

> *So the Platonic Year*
> *Whirls out new right and wrong.*
> *Whirls in the old instead;*
> *All men are dancers and their tread*
> *Goes to the barbarous clangour of a gong.*
> W. B. Yeats : THE TOWER.

Sous l'influence notoire de Chesterton (qui imagina et orna d'élégants mystères) et du conseiller aulique Leibniz (qui inventa l'harmonie préétablie), j'ai imaginé ce sujet, que je traiterai peut-être et qui me justifie déjà en quelque sorte, pendant les après-midi inutiles. Il manque des détails, des rectifications, des mises au point ; il y a des zones de l'histoire qui ne m'ont pas encore été révélées ; aujourd'hui, 3 janvier 1944, je l'entrevois ainsi.

L'action se passe dans un pays opprimé et tenace : la Pologne, l'Irlande, la République de Venise, un État sud-américain ou balkanique... Elle s'est passée, plutôt, car le narrateur a beau être contemporain, l'histoire qu'il raconte se déroule au milieu ou au début du XIXe siècle. Disons (pour la facilité du récit) l'Irlande ; disons 1824. Le narrateur s'appelle Ryan ; il est l'arrière-petit-fils du jeune, de l'héroïque, du beau, de l'assassiné Fergus Kilpatrick, dont le sépulcre fut

mystérieusement violé, dont le nom illustre les vers de
Browning et de Hugo, dont la statue préside un coteau
gris au milieu de marécages rouges.

Kilpatrick fut un conspirateur, un secret et glorieux
capitaine de conspirateurs ; comme Moïse qui, du
pays de Moab, aperçut et ne put fouler la Terre
promise, Kilpatrick périt la veille de la rébellion
victorieuse qu'il avait préméditée et rêvée. La date du
premier centenaire de sa mort approche ; les circonstances du crime sont énigmatiques ; Ryan, consacré à
la rédaction d'une biographie du héros, découvre que
l'énigme dépasse le domaine purement policier. Kilpatrick fut assassiné dans un théâtre ; la police britannique ne trouva jamais le meurtrier ; les historiens
déclarent que cet échec ne ternit pas sa bonne renommée, puisque c'est peut-être la police elle-même qui le
fit tuer. D'autres facettes de l'énigme inquiètent Ryan.
Elles sont de caractère cyclique : elles semblent reproduire ou combiner des faits de régions lointaines,
d'âges lointains. Ainsi, personne n'ignore que les
sbires qui examinèrent le cadavre du héros, trouvèrent une lettre fermée qui l'avertissait du risque qu'il
courait en se rendant au théâtre ce soir-là ; Jules César
également, quand il se rendait au lieu où l'attendaient
les poignards de ses amis, avait reçu un billet qu'il
n'avait pas lu, dans lequel on lui dévoilait la trahison
et les noms des traîtres. La femme de César, Calpur-
nia, avait vu abattue, en songe, une tour que le Sénat
lui avait fait consacrer ; la veille de la mort de
Kilpatrick, des bruits mensongers et anonymes
publièrent dans tout le pays l'incendie de la tour
circulaire de Kilgarvan, fait qui put être considéré
comme un présage, puisque Kilpatrick était né à
Kilgarvan. Ces parallélismes (et d'autres) entre l'histoire de César et celle d'un conspirateur irlandais
induisent Ryan à supposer une forme secrète du

temps, un dessin dont les lignes se répètent. Il pense à l'histoire décimale qu'imagina Condorcet; aux morphologies que proposèrent Hegel, Spengler et Vico; aux hommes d'Hésiode, qui dégénèrent depuis l'or jusqu'au fer. Il pense à la transmigration des âmes, doctrine qui fait l'horreur des lettres celtiques et que César lui-même attribua aux druides britanniques; il pense qu'avant d'être Fergus Kilpatrick, Fergus Kilpatrick fut Jules César. Il est sauvé de ces labyrinthes circulaires par une curieuse constatation, une constatation qui l'abîme ensuite dans d'autres labyrinthes plus inextricables et hétérogènes : certaines paroles d'un mendiant qui s'entretint avec Kilpatrick le jour de sa mort ont été préfigurées par Shakespeare dans sa tragédie *Macbeth*. Que l'histoire eût copié l'histoire, c'est déjà suffisamment prodigieux; que l'histoire copie la littérature, c'est inconcevable... Ryan découvre qu'en 1814, James Alexander Nolan, le plus ancien des compagnons du héros, avait traduit en gaélique les principaux drames de Shakespeare, parmi lesquels, *Jules César*. Il découvre aussi dans les archives un article manuscrit de Nolan sur les *Festspiele* de Suisse : vastes et errantes représentations théâtrales qui demandent des milliers d'acteurs et qui réitèrent des épisodes historiques dans les villes et les montagnes mêmes où ils se sont déroulés. Un autre document inédit lui révèle que, quelques jours avant la fin, Kilpatrick, alors qu'il présidait le dernier conclave, avait signé la condamnation à mort d'un traître, dont le nom a été effacé. Cette condamnation n'est guère dans les habitudes compatissantes de Kilpatrick. Ryan cherche à tirer cette affaire au clair (cette recherche constitue un des hiatus de l'argument) et réussit à déchiffrer l'énigme.

Kilpatrick fut abattu dans un théâtre, mais c'est aussi la ville entière qui servit de théâtre, les acteurs furent légion, et le drame couronné par sa mort embrassa un grand nombre de jours et de nuits. Voici les événements.

Le 2 août 1824, les conspirateurs se réunirent. Le pays était mûr pour la rébellion : cependant, il y avait toujours quelque chose qui ratait : un traître était dans le conclave. Fergus Kilpatrick avait chargé James Nolan de découvrir ce traître. Nolan s'acquitta de sa besogne : il annonça en plein conclave que le traître n'était autre que Kilpatrick. Il démontra avec des preuves irréfutables le bien-fondé de l'accusation ; les conjurés condamnèrent à mort leur président. Celui-ci signa sa propre condamnation, mais implora que son châtiment ne nuisît pas à sa patrie.

Nolan conçut alors un étrange projet. L'Irlande idolâtrait Kilpatrick ; le plus léger soupçon de sa vilenie aurait compromis la rébellion : Nolan proposa une solution qui fit de l'exécution du traître l'instrument de l'émancipation de sa patrie. Il suggéra de faire tuer le condamné par un assassin inconnu, dans des circonstances délibérément dramatiques, qui se graveraient dans l'imagination populaire et précipiteraient la rébellion. Kilpatrick jura de collaborer à ce projet, qui lui donnait l'occasion de se racheter, et que signerait sa mort.

Nolan, pressé par le temps, ne sut pas inventer entièrement les circonstances de l'exécution multiple ; il dut plagier un autre dramaturge, l'ennemi anglais William Shakespeare. Il reproduisit des scènes de *Macbeth*, de *Jules César*. La représentation publique et secrète dura plusieurs jours. Le condamné entra à Dublin, discuta, agit, pria, réprouva, prononça des paroles pathétiques ; et chacun de ces actes que reflèterait la gloire, avait été préfixé par Nolan. Des centaines d'acteurs collaborèrent avec le protagoniste : le rôle de quelques-uns fut complexe, celui de

quelques autres, momentané. Ce qu'ils dirent et firent
est resté dans les livres historiques, dans la mémoire
passionnée de l'Irlande. Kilpatrick, entraîné par ce
destin minutieux qui le rachetait et le perdait, enri-
chit plus d'une fois le texte de son juge d'actes et de
paroles improvisés. Ainsi se déroula dans le temps le
drame populaire, jusqu'au moment où, le 6 août 1824,
dans une loge aux rideaux funéraires qui préfigurait
celle de Lincoln, la balle souhaitée entra dans la
poitrine du traître et du héros, qui put à peine
articuler quelques mots prévus entre deux brusques
jets de sang.

Dans l'ouvrage de Nolan, les passages imités de
Shakespeare sont les *moins* dramatiques ; Ryan soupçonne que l'auteur les a intercalés pour que quelqu'un, dans l'avenir, trouve la vérité. Il comprend
qu'il fait partie lui aussi de la trame de Nolan... Après
mûre réflexion, il décide de passer sa découverte sous
silence. Il publie un livre consacré à la gloire du
héros ; cela aussi, peut-être, était prévu.

Traduction P. Verdevoye.

LA MORT ET LA BOUSSOLE

A Mandie Molina Vedia.

Des nombreux problèmes qui exercèrent la téméraire perspicacité de Lönnrot, aucun ne fut aussi
étrange — aussi rigoureusement étrange, dirons-nous
— que la série périodique de meurtres qui culminè-
rent dans la propriété de Triste-Le-Roy, parmi l'interminable odeur des eucalyptus. Il est vrai qu'Erik
Lönnrot ne réussit pas à empêcher le dernier crime,
mais il est indiscutable qu'il l'avait prévu. Il ne devina
pas non plus l'identité du malheureux assassin de
Yarmolinsky, mais il devina la secrète morphologie de
la sombre série et la participation de Red Scharlach,
dont le second surnom est Scharlach le Dandy. Ce
criminel (comme tant d'autres) avait juré sur son
honneur la mort de Lönnrot, mais celui-ci ne s'était
jamais laissé intimider. Lönnrot se croyait un pur
raisonneur, un Auguste Dupin, mais il y avait en lui un
peu de l'aventurier et même du joueur.

Le premier crime eut lieu à l'Hôtel du Nord[1] — ce
prisme élevé qui domine l'estuaire dont les eaux ont la

1. En français dans le texte.

couleur du désert. Dans cette tour (qui réunit très
notoirement la haïssable blancheur d'une clinique, la
divisibilité numérotée d'une prison et l'apparence
générale d'une maison close), arriva le 3 décembre le
délégué de Podolsk au Troisième Congrès Talmudi-
que, le professeur Marcel Yarmolinsky, homme à la
barbe grise et aux yeux gris. Nous ne saurons jamais si
l'Hôtel du Nord lui plut ; il l'accepta avec l'antique
résignation qui lui avait permis de tolérer trois ans de
guerre dans les Karpathes et trois mille ans d'oppression et de pogroms. On lui donna une chambre à
l'étage R, en face de la « suite »[1] qu'occupait, non
sans éclat, le Tétrarque de Galilée. Yarmolinsky dîna,
remit au jour suivant l'examen de la ville inconnue,
rangea dans un « placard »[1] ses nombreux livres et
ses rares vêtements et, avant minuit, éteignit la
lumière. (Cela, d'après le « chauffeur »[1] du Tétrarque,
qui dormait dans la pièce contiguë.) Le 4, à onze
heures trois minutes du matin, il fut appelé au
téléphone par un rédacteur de la *Yiddische Zeitung* ; le
professeur Yarmolinsky ne répondit pas ; on le trouva
dans sa chambre, le visage déjà légèrement noir,
presque nu sous une grande cape anachronique. Il
gisait non loin de la porte qui donnait sur le couloir ;
un coup de poignard profond lui avait ouvert la
poitrine. Quelques heures plus tard, dans la même
pièce, le commissaire Treviranus et Lönnrot débat-
taient calmement le problème au milieu des journa-
listes, des photographes et des gendarmes.

— Pas besoin de chercher midi à quatorze heures,
— disait Treviranus, en brandissant un cigare impé-
rieux. Nous savons tous que le Tétrarque de Galilée
possède les plus beaux saphirs du monde. Pour les
voler quelqu'un aura pénétré ici par erreur. Yarmo-

---

1. En français dans le texte.

linsky s'est levé ; le voleur a été obligé de le tuer. Qu'en
pensez-vous ?

— Possible, mais sans intérêt — répondit Lönnrot.
Vous répliquerez que la réalité n'est pas forcée le
moins du monde d'être intéressante. Je vous réplique-
rai que la réalité peut faire abstraction de cette
obligation, mais nullement une hypothèse. Dans celle
que vous avez improvisée, intervient copieusement le
hasard. Voici un rabbin mort ; je préférerais une
explication purement rabbinique, aux imaginaires
tribulations d'un imaginaire voleur.

Treviranus répliqua avec humeur :

— Les explications rabbiniques ne m'intéressent
pas ; ce qui m'intéresse c'est la capture de l'homme
qui poignarda cet inconnu.

— Pas si inconnu que ça — corrigea Lönnrot. Voici
ses œuvres complètes. — Il montra dans le « placard »
une rangée de grands volumes : une *Défense de la
cabale* ; un *Examen de la Philosophie de Robert Fludd* ;
une traduction littérale du *Sepher Yezirah* ; une *Biographie du Baal Shem* ; une *Histoire de la secte des
Hasidim* ; une monographie (en allemand) sur le
Tetragrammaton ; une autre sur la nomenclature
divine du Pentateuque. Le commissaire les regarda
avec crainte, presque avec répugnance. Puis, il se mit
à rire.

— Je suis un pauvre chrétien, répondit-il. Empor-
tez tous ces bouquins, si vous voulez ; je n'ai pas de
temps à perdre à des superstitions juives.

— Peut-être ce crime appartient-il à l'histoire des
superstitions juives, murmura Lönnrot.

— Comme le christianisme — se risqua à compléter
le rédacteur de la *Yiddische Zeitung*. Il était myope,
athée et très timide.

Personne ne lui répondit. Un des agents avait trouvé
dans la petite machine à écrire une feuille de papier

avec cette phrase inachevée : « La première lettre du Nom a été articulée. »

Lönnrot s'abstint de sourire. Brusquement bibliophile ou hébraïste, il fit empaqueter les livres du mort et les emporta dans son appartement. Indifférent à l'enquête de la police, il se mit à les étudier. Un grand in-octavo lui révéla les enseignements d'Israël Baal Shem Tobh, fondateur de la secte des Dévots ; un autre, les vertus et terreurs du Tétragrammaton, c'est-à-dire l'ineffable Nom de Dieu ; un autre, la thèse selon laquelle Dieu a un nom secret, dans lequel est résumé (comme dans la sphère de cristal que les Perses attribuent à Alexandre de Macédoine) son neuvième attribut, l'éternité — c'es..a-dire la connaissance immédiate de toutes les choses qui seront, qui sont et qui ont été dans l'univers. La tradition énumère quatre-vingt-dix-neuf noms de Dieu ; les hébraïstes attribuent ce nombre imparfait à la crainte magique des nombres pairs ; les Hasidim estiment que ce hiatus indique un centième nom — le Nom Absolu.

Peu de jours plus tard, il fut distrait de ces recherches érudites par l'apparition du rédacteur de la *Yiddische Zeitung.* Celui-ci voulait parler de l'assassinat ; Lönnrot préféra parler des divers noms de Dieu ; le journaliste déclara en trois colonnes que l'investigateur Erik Lönnrot s'était mis à étudier les noms de Dieu pour trouver le nom de l'assassin. Lönnrot, habitué aux simplifications du journalisme, ne s'indigna pas. Un de ces boutiquiers qui ont découvert que n'importe quel homme se résigne à acheter n'importe quel livre, publia une édition populaire de l'*Histoire de la secte des Hasidim.*

Le deuxième crime eut lieu dans la nuit du 3 janvier, dans le plus abandonné et le plus vide des fau-

bourgs déserts de l'ouest de la ville. A l'aube, un des
gendarmes qui surveillent à cheval ces solitudes vit
sur le seuil d'une vieille boutique de marchand de couleurs un homme étendu, enveloppé dans un poncho. Le
visage dur était comme masqué de sang ; un coup de
poignard profond lui avait déchiré la poitrine. Sur le
mur, au-dessus des losanges jaunes et rouges, il y avait
quelques mots à la craie. Le gendarme les épela... Cet
après-midi-là, Treviranus et Lönnrot se dirigèrent
vers le lointain théâtre du crime. A gauche et à droite
de l'automobile, la ville se désintégrait ; le firmament
croissait et les maisons perdaient de leur importance
au profit d'un four en briques ou d'un peuplier. Ils
arrivèrent au pauvre terme de leur voyage : un cul-de-
sac final aux murs roses en torchis qui semblaient
refléter en quelque sorte le gigantesque coucher de
soleil. Le mort avait déjà été identifié. C'était Daniel
Simon Azevedo, homme renommé dans les anciens
faubourgs du Nord, qui de charretier avait été promu
au rang de bravache électoral, pour dégénérer ensuite
en voleur, et même en délateur. (Le style singulier de
sa mort leur parut adéquat ; Azevedo était le dernier
représentant d'une génération de bandits qui connaissait le maniement du poignard, mais non du revolver.)
Les mots à la craie étaient les suivants :
   « La deuxième lettre du Nom a été articulée. »
   Le troisième crime eut lieu la nuit du 3 février. Peu
avant une heure, le téléphone retentit dans le bureau
du commissaire Treviranus. Un homme à la voix
gutturale parla avec d'avides précautions ; il dit qu'il
s'appelait Ginzbert (ou Ginzburg) et qu'il était disposé
à communiquer, moyennant une rémunération raisonnable, les faits des deux sacrifices d'Azevedo et de
Yarmolinsky. Une discorde de coups de sifflets et de
coups de trompettes étouffa la voix du délateur. Puis,
la communication fut coupée. Sans repousser encore

la possibilité d'une plaisanterie (tout compte fait on
était en carnaval), Treviranus découvrit qu'on lui
avait parlé de Liverpool House, cabaret de la rue de
Toulon — cette rue saumâtre où se côtoient le cosmo-
rama et la laiterie, le bordel et les marchands de
bibles. Treviranus parla avec le patron. Celui-ci (Black
Finnegan, ancien criminel irlandais, accablé et presque annulé par l'honnêteté) lui dit que la dernière
personne qui s'était servie du téléphone de la maison
était un locataire, un certain Gryphius, qui venait de
sortir avec des amis. Treviranus alla immédiatement
à Liverpool House. Le patron lui communiqua ce qui
suit : huit jours auparavant Gryphius avait pris une
pièce dans les combles du bar. C'était un homme aux
traits anguleux, à la nébuleuse barbe grise, habillé
pauvrement de noir ; Finnegan (qui destinait cette
chambre à un usage que devina Treviranus) lui
demanda un prix de location sans doute excessif ;
Gryphius paya immédiatement la somme stipulée. Il
ne sortait presque jamais ; il dînait et déjeunait dans
sa chambre ; à peine connaissait-on son visage, dans le
bar. Cette nuit-là, il était descendu pour téléphoner
dans le bureau de Finnegan. Un coupé fermé s'était
arrêté devant le cabaret. Le cocher n'avait pas quitté
son siège ; quelques clients se rappelèrent qu'il avait
un masque d'ours. Deux arlequins étaient descendus
du coupé ; ils étaient de petite taille ; et personne ne
put manquer de s'apercevoir qu'ils étaient fort ivres. A
grand renfort de bêlements de trompettes, ils avaient
fait irruption dans le bureau de Finnegan ; ils avaient
embrassé Gryphius qui eut l'air de les reconnaître,
mais qui leur répondit froidement ; ils avaient
échangé quelques mots en yiddish — lui à voix basse,
gutturale, eux avec des voix de fausset, aiguës — et ils
étaient montés dans la pièce du fond. Au bout d'un
quart d'heure, ils étaient redescendus tous les trois,

très contents; Gryphius, vacillant, paraissait aussi ivre que les autres. Grand et vertigineux, il marchait au milieu, entre les arlequins masqués. (Une des femmes du bar se rappela les losanges jaunes, rouges et verts.) Il avait trébuché deux fois; deux fois les arlequins l'avaient retenu. Les trois hommes étaient montés dans le coupé et avaient disparu en prenant la direction du bassin voisin, à l'eau rectangulaire. Déjà sur le marchepied du coupé, le dernier arlequin avait griffonné un dessin obscène et une phrase sur une des ardoises des arcades.

Treviranus vit la phrase. Elle était presque prévisible. Elle disait :

« La dernière des lettres du Nom a été articulée. »

Il examina ensuite la petite chambre de Gryphius-Ginzberg. Il y avait par terre une brusque étoile de sang; dans les coins, des restes de cigarettes de marque hongroise; dans une armoire, un livre en latin — le *Philologus Hebraeo-graecus* (1739) de Leusden — avec plusieurs notes manuscrites. Treviranus le regarda avec indignation et fit chercher Lönnrot. Celui-ci, sans ôter son chapeau, se mit à lire, pendant que le commissaire interrogeait les témoins contradictoires de l'enlèvement possible. A quatre heures, ils sortirent. Dans la tortueuse rue de Toulon, quand ils foulaient les serpentins morts de l'aube, Treviranus dit :

— Et si l'histoire de cette nuit était un simulacre ?

Erik Lönnrot sourit et lui lut très gravement un passage (qui était souligné) de la trente-troisième dissertation du *Philologus :* « Dies Judaeorum incipit a solis occasu usque ad solis occasum diei sequentis. » Ce qui veut dire, ajouta-t-il : Le jour hébreu commence au coucher du soleil et dure jusqu'au coucher de soleil suivant.

L'autre essaya une ironie :

— C'est le renseignement le plus précieux que vous ayez recueilli cette nuit ?

— Non. Plus précieux est un mot dit par Ginzberg.

Les journaux du soir ne négligèrent pas ces disparitions périodiques. *La Croix de l'Épée* les opposa à l'admirable discipline et à l'ordre du dernier Congrès Érémitique ; Ernst Palast, dans *Le Martyr*, réprouva « les lenteurs intolérables d'un pogrom clandestin et frugal qui a besoin de trois mois pour liquider trois juifs » ; la *Yiddische Zeitung* repoussa l'hypothèse horrible d'un complot antisémite, « bien que beaucoup d'esprits pénétants n'admettent pas d'autre solution au triple mystère » ; le plus illustre des manieurs de pistolet du Sud, Dandy Red Scharlach, jura que, dans son district, de tels crimes ne se produiraient jamais et accusa de négligence coupable le commissaire Franz Treviranus.

Dans la nuit du premiers mars, celui-ci reçut une imposante enveloppe timbrée. Il l'ouvrit ; l'enveloppe contenait une lettre signée Baruj Spinoza et un plan minutieux de la ville, visiblement arraché à un Baedecker. La lettre prophétisait que, le 3 mars, il n'y aurait pas de quatrième crime, car la boutique du marchand de couleurs de l'ouest, le cabaret de la rue de Toulon et l'Hôtel du Nord étaient « les sommets parfaits d'un triangle équilatéral et mystique » ; le plan démontrait à l'encre rouge la régularité de ce triangle. Treviranus lut avec résignation cet argument *more geometrico* et envoya la lettre et le plan chez Lönnrot, qui méritait indiscutablement ces folies.

Erik Lönnrot les étudia. Les trois lieux, en effet, étaient équidistants. Symétrie dans le temps (3 décembre, 3 janvier, 3 février) ; symétrie dans l'espace, aussi... Il sentit, tout à coup, qu'il était sur le point de déchiffrer le mystère. Un compas et une boussole complétèrent cette brusque intuition. Il sou-

rit, prononça le mot « Tetragrammaton » (d'acquisition récente) et téléphona au commissaire. Il lui dit :
— Merci de ce triangle équilatéral que vous m'avez envoyé hier soir. Il m'a permis de résoudre le problème. Demain vendredi les criminels seront en prison ; nous pouvons être tranquilles.
— Alors, ils ne projettent pas un quatrième crime ?
— C'est précisément parce qu'ils projettent un quatrième crime que nous pouvons être tranquilles. Lönnrot raccrocha. Une heure plus tard, il était dans un train des Chemins de Fer du Midi, et roulait vers la propriété abandonnée de Triste-le-Roy. Au sud de la ville de mon récit, coule un ruisseau aveugle aux eaux fangeuses, outragé de tanneries et d'ordures. De l'autre côté, il y a un faubourg usinier où, sous la protection d'un chef de bande barcelonais, prospèrent les manieurs de pistolet. Lönnrot sourit en pensant que le plus renommé — Red Scharlach — aurait donné n'importe quoi pour connaître cette visite clandestine. Azevedo avait été le compagnon de Scharlach. Lönnrot envisagea la lointaine possibilité que la quatrième victime fût Scharlach. Puis, il la rejeta.... Virtuellement, il avait déchiffré le problème ; les pures circonstances, la réalité (noms, arrestations, visages, voies judiciaires et pénales) l'intéressaient à peine maintenant. Il voulait se promener, il voulait se reposer de trois mois d'enquête sédentaire. Il réfléchit : l'explication des crimes tenait dans un triangle anonyme et dans un poussiéreux mot grec. Le mystère lui parut presque cristallin ; il eut honte de lui avoir consacré cent jours.

Le train s'arrêta dans une silencieuse gare de marchandises. Lönnrot descendit. C'était un de ces après-midi déserts, à l'apparence d'aubes. L'air de la plaine trouble était humide et froid. Lönnrot s'en alla à travers la campagne. Il vit des chiens, il vit un fourgon sur une voie morte, il vit l'horizon, il vit un cheval argenté qui buvait l'eau crapuleuse d'une mare. La nuit tombait quand il vit le mirador rectangulaire de la villa de Triste-le-Roy, presque aussi haut que les noirs eucalyptus qui l'entouraient. Il pensa qu'à peine une aurore et un couchant (une vieille lueur à l'orient et une autre à l'occident) le séparaient de l'heure anxieusement attendue par les chercheurs du Nom.

Une grille rouillée définissait le périmètre irrégulier de la propriété. Le portail principal était fermé. Lönnrot, sans grand espoir d'entrer, en fit tout le tour. De nouveau devant le portail infranchissable, il avança la main entre les barreaux, presque machinalement, et trouva la targette. Le grincement du fer le surprit. Avec une passivité laborieuse, le portail tout entier céda.

Lönnrot avança entre les eucalyptus, marchant sur des générations confondues de feuilles raides déchirées. Vue de près, la propriété de Triste-le-Roy abondait en symétries inutiles et en répétitions maniaques : à une Diane glaciale dans une niche sombre correspondait une autre Diane dans une seconde niche ; un balcon se reflétait dans un autre balcon ; un perron double s'ouvrait en une double balustrade. Un Hermès à deux faces projetait une ombre monstrueuse. Lönnrot fit le tour de la maison comme il avait fait le tour de la propriété. Il examina tout ; sous le niveau de la terrasse, il vit une étroite persienne. Il la poussa : quelques marches de marbre descendaient dans une cave. Lönnrot, qui avait déjà l'intuition des préférences de l'architecte, devina que dans le mur opposé de la cave, il y avait d'autres marches. Il les trouva, monta, éleva les mains et ouvrit la trappe de sortie.

Une lueur le guida à une fenêtre. Il l'ouvrit : une

lune jaune et circulaire définissait dans le jardin triste
deux fontaines obstruées. Lönnrot explora la maison.
Par des offices et des galeries, il sortit dans des cours
semblables et à plusieurs reprises dans la même cour.
Il monta par des escaliers poussiéreux à des antichambres circulaires ; il se multiplia à l'infini dans des
miroirs opposés ; il se fatigua à ouvrir et à entrouvrir
des fenêtres qui lui révélaient, au-dehors, le même
jardin désolé, vu de différentes hauteurs et sous
différents angles ; à l'intérieur, des meubles couverts
de housses jaunes et des lustres emballés dans de la
tarlatane. Une chambre à coucher l'arrêta ; dans cette
chambre, une seule fleur et une coupe de porcelaine :
au premier frôlement, les vieux pétales s'effritèrent.
Au second étage, le dernier, la maison lui parut infinie
et croissante : *La maison n'est pas si grande*, pensa-t-il.
*Elle est agrandie par la pénombre, la symétrie, les
miroirs, l'âge, mon dépaysement, la solitude.*

Par un escalier en spirale, il arriva au mirador. La
lune ce soir-là traversait les losanges des fenêtres ; ils
étaient jaunes, rouges et verts. Il fut arrêté par un
souvenir stupéfiant et vertigineux.

Deux hommes de petite taille, féroces et trapus, se
jetèrent sur lui et le désarmèrent ; un autre, très
grand, le salua gravement et lui dit :

— Vous êtes bien aimable. Vous nous avez épargné
une nuit et un jour.

C'était Red Scharlach. Les hommes lièrent les
mains de Lönnrot. Celui-ci, à la fin, retrouva sa voix :

— Scharlach, vous cherchez le Nom Secret ?

Scharlach était toujours debout, indifférent. Il
n'avait pas participé à la courte lutte, c'est à peine s'il
avait allongé la main pour recevoir le revolver de
Lönnrot. Il parla ; Lönnrot entendit dans sa voix une
victoire lasse, une haine à l'échelle de l'univers, une
tristesse qui n'était pas moindre que cette haine.

— Non, dit Scharlach. Je cherche quelque chose de plus éphémère et de plus périssable, je cherche Erik Lönnrot. Il y a trois ans, dans un tripot de la rue de Toulon, vous-même avez arrêté et fait emprisonner mon frère. Dans un coupé, mes hommes m'arrachèrent à la fusillade avec une balle de policier dans le ventre. Neuf jours et neuf nuits j'agonisai dans cette symétrique propriété désolée ; j'étais abattu par la fièvre, l'odieux Janus à deux fronts qui regarde les couchants et les aurores rendait horribles mes rêves et mes veilles. J'en arrivai à prendre mon corps en abomination. J'en arrivai à sentir que deux yeux, deux mains, deux poumons sont aussi monstrueux que deux visages. Un Irlandais essaya de me convertir à la foi de Jésus ; il me répétait la maxime des « goïm » : Tous les chemins mènent à Rome. La nuit, mon délire se nourrissait de cette métaphore ; je sentais que le monde était un labyrinthe d'où il était impossible de s'enfuir puisque tous les chemins, bien qu'ils fissent semblant d'aller vers le nord ou vers le sud, allaient réellement à Rome, qui était aussi la prison quadrangulaire où agonisait mon frère et la propriété de Triste-le-Roy. Au cours de ces nuits-là je jurai sur le dieu à deux faces et sur tous les dieux de la fièvre et des miroirs d'ourdir un labyrinthe autour de l'homme qui avait fait emprisonner mon frère. Je l'ai ourdi et il est solide : les matériaux en sont un hérésiologue mort, une boussole, une secte du xviiie siècle, un mot grec, un poignard, les losanges d'une boutique de marchand de couleurs.

Le premier terme de la série me fut donné par le hasard. J'avais tramé avec quelques collègues — parmi lesquels Daniel Azevedo — le vol des saphirs du Tétrarque. Azevedo nous trahit : il se saoula avec l'argent que nous lui avions avancé et entreprit l'affaire la veille. Il se perdit dans l'énorme hôtel ; vers

deux heures du matin, il fit irruption dans la chambre
de Yarmolinsky. Celui-ci, traqué par l'insomnie,
s'était mis à écrire. Vraisemblablement, il rédigeait
quelques notes ou un article sur le Nom de Dieu ; il
avait déjà écrit les mots « La première lettre du Nom
a été articulée ». Azevedo lui intima l'ordre de garder
le silence. Yarmolinsky tendit la main vers le timbre
qui réveillerait toutes les forces de l'hôtel ; Azevedo lui
donna un seul coup de poignard dans la poitrine. Ce
fut presque un réflexe ; un demi-siècle de violence lui
avait appris que le plus facile et le plus sûr est de
tuer... Dix jours plus tard, j'appris par la *Yiddische
Zeitung* que vous cherchiez dans les écrits de Yarmolinsky la clé de la mort de Yarmolinsky. Je lus
l'*Histoire de la secte des Hasidim* ; je sus que la crainte
respectueuse de prononcer le Nom de Dieu avait
donné naissance à la doctrine suivant laquelle ce Nom
est tout-puissant et caché. Je sus que quelques Hasidim, en quête de ce Nom secret, en étaient arrivés à
faire des sacrifices humains... Je compris que vous
conjecturiez que les Hasidim avaient sacrifié le rabbin ; je m'appliquai à justifier cette conjecture.

Marcel Yarmolinsky mourut la nuit du 3 décembre ;
pour le second « sacrifice », je choisis celle du 3 janvier. Il mourut au Nord, il nous fallait un lieu de
l'Ouest. Daniel Azevedo fut la victime nécessaire. Il
méritait la mort ; c'était un impulsif, un traître ; sa
capture pouvait anéantir tout le plan. Un des nôtres le
poignarda ; pour rattacher son cadavre au précédent,
j'écrivis au-dessus des losanges de la boutique du
marchand de couleurs : « La seconde lettre du Nom a
été articulée. »

Le troisième « crime » se produisit le 3 février. Ce
fut, comme Treviranus le devina, un pur simulacre.
Gryphius-Ginzberg-Ginsburg c'est moi. Je supportai
(agrémenté d'une légère barbe postiche) une semaine

interminable dans cette perverse chambre de la rue de Toulon, jusqu'au moment où mes amis m'enlevèrent. Du marchepied du coupé l'un d'eux écrivit sur un pilier : « La dernière lettre du Nom a été articulée. » Cette phrase proclamait que la série des crimes était « triple ». C'est ainsi que le comprit le public; moi, cependant, j'intercalai des indices répétés pour que vous, le raisonneur Erik Lönnrot, vous compreniez qu'il était « quadruple ». Un prodige au Nord, d'autres à l'Est et à l'Ouest réclament un quatrième prodige au Sud; le Tetragrammaton — le Nom de Dieu, JHVH — se compose de *quatre lettres;* les arlequins et l'enseigne du marchand de couleurs suggèrent « quatre » termes. Je soulignai un certain passage dans le manuel de Leusden : ce passage manifeste que les Hébreux calculaient le jour de couchant à couchant; ce passage donne à entendre que les morts eurent lieu le « quatre » de chaque mois. J'envoyai le triangle équilatéral à Treviranus. Je pressentis que vous y ajouteriez le point qui manquait. Le point qui déterminait un losange parfait, le point qui préfixait le lieu où une mort exacte vous attend. J'ai tout prémédité, Erik Lönnrot, pour vous attirer dans les solitudes de Triste-le-Roy.

Lönnrot évita les yeux de Scharlach. Il regarda les arbres et le ciel subdivisé en losanges confusément jaunes, verts et rouges. Il sentit un peu de froid et une tristesse impersonnelle, presque anonyme. Il faisait déjà nuit; du jardin poussiéreux monta le cri inutile d'un oiseau. Lönnrot considéra pour la dernière fois le problème des morts symétriques et périodiques.

— Dans votre labyrinthe, il y a trois lignes de trop — dit-il enfin. — Je connais un labyrinthe grec qui est une ligne unique, droite. Sur cette ligne, tant de philosophes se sont égarés qu'un pur détective peut bien s'y perdre. Scharlach, quand, dans un autre

avatar, vous me ferez la chasse, feignez (ou commet-
tez) un crime en A, puis un second crime en B, à
8 kilomètres de A, puis un troisième crime en C, à
4 kilomètres de A et de B, à mi-chemin entre les deux.
Attendez-moi ensuite en D, à 2 kilomètres de A et de C,
encore à mi-chemin. Tuez-moi en D, comme maintenant vous allez me tuer à Triste-le-Roy.

— Pour la prochaine fois que je vous tuerai —
répliqua Scharlach — je vous promets ce labyrinthe,
qui se compose d'une seule ligne droite et qui est
invisible, incessant.

Il recula de quelques pas. Puis, très soigneusement,
il fit feu.

1942.

Traduction P. Verdevoye.

LE MIRACLE SECRET

*Et Dieu le fit mourir pendant cent ans,
puis il le ranima et lui dit :
— Combien de temps es-tu resté ici ?
— Un jour, ou une partie du jour,
répondit-il.*

Coran, II, 261.

La nuit du 14 mars 1939, dans un appartement de la Zeltnergasse de Prague, Jaromir Hladik, auteur de la tragédie inachevée *Les ennemis*, d'une *Défense de l'éternité* et d'un examen des sources juives indirectes de Jakob Boehme, rêva d'une longue partie d'échecs. Elle n'était pas disputée par deux personnes mais par deux familles illustres ; la partie avait été commencée depuis des siècles ; nul n'était capable d'en nommer l'enjeu oublié, mais on murmurait qu'il était énorme et peut-être infini ; les pièces et l'échiquier se trouvaient dans une tour secrète ; Jaromir (dans son rêve) était l'aîné d'une des familles hostiles ; les horloges sonnaient l'heure du coup qui ne pouvait plus être retardé : le rêveur parcourait les sables d'un désert pluvieux et ne parvenait à se rappeler ni les pièces ni les règles des échecs. A ce moment, il se réveilla. Le tintamarre de la pluie et des terribles horloges cessa.

Un bruit rythmé et unanime, entrecoupé de quelques cris de commandement, montait de la Zeltnergasse. C'était l'aube ; les avant-gardes blindées du Troisième Reich entraient dans Prague.

Le 19, les autorités reçurent une dénonciation ; le même jour, le soir, Jaromir Hladik fut arrêté. On le conduisit dans une caserne aseptique et blanche, sur la rive opposée de la Moldau. Il ne put se défendre d'aucune des accusations de la Gestapo : son nom de famille maternel était Jaroslavski, son sang était juif ; son étude sur Boehme était judaïsante ; sa signature allongeait la liste finale d'une protestation contre l'Anschluss. En 1928, il avait traduit le *Sepher Yezirah* pour la maison d'édition Hermann Barsdorf ; le catalogue prolixe de cette maison avait exagéré dans un but commercial le renom du traducteur ; ce catalogue fut feuilleté par Julius Rothe, un des chefs entre les mains de qui était le sort de Hladik. Il n'y a pas d'homme qui, en dehors de sa spécialité, ne soit crédule ; deux ou trois adjectifs en lettres gothiques suffirent pour que Julius Rothe admît la prééminence de Hladik et décidât de le condamner à mort, *pour encourager les autres*[1]. On fixa l'exécution au 29 mars, à neuf heures du matin. Ce délai (dont le lecteur appréciera l'importance par la suite) était dû au fait que l'administration désirait agir impersonnellement et posément, comme les végétaux et les planètes.

Le premier sentiment de Hladik fut un sentiment de pure terreur. Il pensa qu'il n'aurait pas été effrayé par la potence, la hache ou le couteau, mais qu'il était intolérable de mourir fusillé. Il se répéta vainement que ce qui était redoutable c'était l'acte pur et général de mourir et non les circonstances concrètes. Il ne se lassait pas d'imaginer ces circonstances : il essayait

1. En français dans le texte.

absurdement d'en épuiser toutes les variantes. Il anticipait infiniment le processus, depuis l'insomnie de l'aube jusqu'à la mystérieuse décharge. Avant le jour préfixé par Julius Rothe, il mourut des centaines de morts, dans des cours dont les formes et les angles épuisaient la géométrie, mitraillé par des soldats variables, en nombre changeant, qui tantôt le tuaient de loin, tantôt de très près. Il affrontait avec un véritable effroi (peut-être avec un vrai courage) ces exécutions imaginaires ; chaque simulacre durait quelques secondes ; une fois le circuit fermé, Jaromir revenait interminablement aux veilles frissonnantes de sa mort. Puis il réfléchit : la réalité ne coïncide habituellement pas avec les prévisions ; avec une logique perverse, il en déduisit que prévoir un détail circonstanciel, c'est empêcher que celui-ci se réalise. Fidèle à cette faible magie, il inventait, *pour les empêcher de se réaliser*, des péripéties atroces ; naturel- lement, il finit par craindre que ces péripéties ne fussent prophétiques. Misérable dans la nuit, il essayait de s'affirmer en quelque sorte dans la subs- tance fugitive du temps. Il savait que celui-ci se précipitait vers l'aube du 29 ; il raisonnait à haute voix ; *je suis maintenant dans la nuit du 22 ; tant que durera cette nuit (et six nuits de plus) je suis invulnéra- ble, immortel*. Il pensait que les nuits de sommeil étaient des piscines profondes et sombres dans les- quelles il pouvait se plonger. Il souhaitait parfois avec impatience la décharge définitive qui le libérerait tant bien que mal de son vain travail d'imagination. Le 28, quand le dernier couchant se reflétait sur les barreaux élevés, il fut distrait de ces considérations abjectes par le souvenir de son drame *Les ennemis*.

Hladik avait dépassé la quarantaine. En dehors de quelques amitiés et d'un grand nombre d'habitudes, c'était l'exercice problématique de la littérature qui faisait toute sa vie ; comme tout écrivain, il mesurait les vertus des autres à ce qu'ils réalisaient et demandait aux autres de le mesurer à ce qu'il entrevoyait ou projetait. Tous les livres qu'il avait donnés à l'impression lui inspiraient un repentir complexe. Dans ses examens de l'œuvre de Boehme, d'Abenesra et de Fludd, était intervenue essentiellement une pure application ; dans sa traduction de *Sepher Yezirah*, la négligence, la fatigue et la conjecture. Il jugeait moins déficient, peut-être, son ouvrage la *Défense de l'éternité :* le premier volume trace l'histoire des diverses éternités qu'ont imaginées les hommes, depuis l'Être immobile de Parménide jusqu'au passé modifiable de Hinton ; le second nie (avec Francis Bradley) que tous les faits de l'univers entrent dans une série temporelle. Il argumente : le chiffre des expériences possibles de l'homme n'est pas infini et il suffit d'une seule « répétition » pour démontrer que le temps est une tromperie... Malheureusement, les arguments qui démontrent cette tromperie ne sont pas moins trompeurs ; Hladik les passait habituellement en revue avec une certaine dédaigneuse perplexité. Il avait aussi rédigé une série de poèmes expressionnistes ; ceux-ci, pour la confusion du poète, figurèrent dans une anthologie de 1924, et il n'y eut pas d'anthologie postérieure qui ne les héritât. Hladik voulait se racheter de tout ce passé équivoque et languissant par le drame en vers *Les ennemis*. (Hladik préconisait le vers, parce que celui-ci empêche les spectateurs d'oublier l'irréalité, condition de l'art.)

Ce drame observait les unités de temps, de lieu et d'action ; il se déroulait à Hradcany, dans la bibliothèque du baron de Roemerstadt, un des derniers après-midi du XIXe siècle. Dans la première scène du premier acte, un inconnu vient voir Roemerstadt. (Une horloge sonne sept heures, une véhémence de dernier soleil exalte les vitres, le vent apporte une musique hongroise passionnée et reconnaissable.) D'autres visites suivent celle-là ; Roemerstadt ne connaît pas les personnages qui l'importunent, mais il a la désagréable impression de les avoir déjà vus, peut-être en rêve. Tous le flattent exagérément mais il est évident — d'abord pour les spectateurs du drame, puis pour le baron lui-même — que ce sont des ennemis secrets, conjurés pour sa perte. Roemerstadt réussit à arrêter ou à déjouer leurs intrigues complexes ; dans le dialogue, ils font allusion à sa fiancée, Julie de Weidenau, et à un certain Jaroslav Kubin, qui l'importuna quelquefois de son amour. Cet homme est devenu fou, maintenant, et croit être Roemerstadt... Les dangers redoublent ; Roemerstadt, à la fin du second acte, se voit dans l'obligation de tuer un conspirateur. Le troisième et dernier acte commence. Les incohérences augmentent graduellement : des acteurs qui semblaient déjà écartés de la trame reviennent ; l'homme tué par Roemerstadt revient, pour un instant. Quelqu'un fait remarquer que la nuit n'est pas venue : l'horloge sonne sept heures, sur les vitres élevées se reflète le soleil du couchant, le vent apporte une musique hongroise passionnée. Le premier interlocuteur paraît et répète les paroles qu'il avait prononcées dans la première scène du premier acte. Roemerstadt lui parle sans étonnement ; le spectateur comprend que Roemerstadt est le misérable Jaroslav Kubin. Le drame n'a pas eu lieu : il est le délire circulaire que Kubin vit et revit interminablement.

Hladik ne s'était jamais demandé si cette tragicomédie d'erreurs était futile ou admirable, rigoureuse ou fortuite. Dans l'argument que j'ai ébauché il voyait l'invention la plus apte à dissimuler ses défauts et à exercer ses idées heureuses, la possibilité de racheter

(symboliquement) la part fondamentale de sa vie. Il
avait déjà terminé le premier acte et une scène du
troisième ; le caractère métrique de l'œuvre lui permettait de l'examiner continuellement, en rectifiant
les hexamètres, sans avoir le manuscrit sous les yeux.
Il pensa qu'il lui manquait encore deux actes et qu'il
allait bientôt mourir. Il parla à Dieu dans l'obscurité :
si j'existe de quelque façon, si je ne suis pas une de tes
répétitions, un de tes errata, j'existe comme auteur des
ENNEMIS. *Pour terminer ce drame, qui peut me justifier et*
te justifier, je demande une année de plus. Accorde-moi
ces jours, Toi à qui les siècles et le temps appartiennent.
C'était la dernière nuit, la plus atroce, mais dix
minutes plus tard, le sommeil le noya comme une eau
sombre.

Vers l'aube, il rêva qu'il s'était caché dans une des
nefs de la bibliothèque du Clementinum. Un
bibliothécaire aux lunettes noires lui demanda : *Que*
cherchez-vous ? Hladik répliqua : *Je cherche Dieu.* Le
bibliothécaire lui dit : *Dieu est dans l'une des lettres de*
l'une des pages de l'un des quatre cent mille tomes du
Clementinum. Mes parents et les parents de mes parents
ont cherché cette lettre ; je suis devenu aveugle à force de
la chercher. Il ôta ses lunettes et Hladik vit ses yeux
morts. Un lecteur entra pour rendre un atlas. *Cet atlas*
est inutile, dit-il et il le donna à Hladik. Celui-ci
l'ouvrit au hasard. Il vit une carte de l'Inde, vertigineuse. Brusquement certain, il toucha une des plus
petites lettres. Une voix de partout lui dit : *le temps*
pour ton travail t'a été accordé. Alors Hladik s'éveilla.

Il se rappela que les songes des hommes appartiennent à Dieu et que Maimonide a écrit que les paroles
d'un rêve sont divines quand elles sont distinctes et
claires et qu'on ne peut voir celui qui les a prononcées.
Il s'habilla ; deux soldats entrèrent dans sa cellule et
lui ordonnèrent de les suivre.

De l'autre côté de la porte, Hladik avait prévu un labyrinthe de galeries, d'escaliers et de pavillons. La réalité fut moins riche : ils descendirent dans une arrière-cour par un seul escalier de fer. Plusieurs soldats — dont l'un avait un uniforme déboutonné — examinaient une motocyclette et la discutaient. Le sergent regarda sa montre : il était huit heures quarante-quatre. Il fallait attendre le coup de neuf heures. Hladik, plus insignifiant que malheureux, s'assit sur un tas de bois. Il remarqua que les yeux des soldats fuyaient les siens. Pour adoucir l'attente, le sergent lui offrit une cigarette. Hladik ne fumait pas ; il l'accepta par courtoisie ou par humilité. En l'allumant, il vit que ses mains tremblaient. Le ciel se couvrit ; les soldats parlaient à voix basse comme s'il était déjà mort. Vainement, il essaya de se rappeler la femme dont le symbole était Julie de Weidenau...

Le peloton se forma et se mit au garde-à-vous. Hladik, debout contre le mur de la caserne, attendit la décharge. Quelqu'un craignit que le mur ne fût taché de sang ; alors on ordonna au condamné d'avancer de quelques pas. Hladik, absurdement, se rappela les hésitations préliminaires des photographes. Une lourde goutte de pluie frôla une des tempes de Hladik et roula lentement sur sa joue ; le sergent vociféra l'ordre final.

L'univers physique s'arrêta.

Les armes convergeaient sur Hladik, mais les hommes qui allaient le tuer étaient immobiles. Le bras du sergent éternisait un geste inachevé. Sur une dalle de la cour une abeille projetait une ombre fixe. Le vent avait cessé, comme dans un tableau. Hladik essaya un cri, une syllabe, la torsion d'une main. Il comprit qu'il était paralysé. Il ne recevait pas la plus légère rumeur du monde figé. Il pensa *je suis en enfer, je suis mort*. Il pensa *je suis fou*. Il pensa *le temps s'est arrêté*. Puis il réfléchit : dans ce cas, sa pensée se serait arrêtée. Il voulut la mettre à l'épreuve : il récita (sans remuer les lèvres) la mystérieuse quatrième églogue de Virgile. Il imagina que les soldats déjà lointains partageaient son angoisse; il désira communiquer avec eux. Il s'étonna de n'éprouver aucune fatigue, pas même le vertige de sa longue immobilité. Il s'endormit, au bout d'un temps indéterminé. Quand il s'éveilla, le monde était toujours immobile et sourd. La goutte d'eau était toujours sur sa joue; dans la cour, l'ombre de l'abeille; la fumée de la cigarette qu'il avait jetée n'en finissait pas de se dissiper. Un autre « jour » passa avant que Hladik eût compris.

Il avait sollicité de Dieu une année entière pour terminer son travail : l'omnipotence divine lui accordait une année. Dieu opérait pour lui un miracle secret : le plomb germanique le tuerait à l'heure convenue; mais, dans son esprit, une année s'écoulerait entre l'ordre et l'exécution de cet ordre. De la perplexité il passa à la stupeur, de la stupeur à la résignation, de la résignation à une soudaine gratitude.

Il n'avait pour tout document que sa mémoire; son habitude d'apprendre chaque hexamètre ajouté lui avait imposé une heureuse rigueur que ne soupçonnent pas ceux qui aventurent et oublient des paragraphes intérimaires et vagues. Il ne travailla pas pour la postérité ni même pour Dieu, dont il connaissait peu les préférences littéraires. Minutieux, immobile, secret, il ourdit dans le temps son grand labyrinthe invisible. Il refit le troisième acte deux fois. Il effaça un symbole trop évident : les coups de cloches répétés, la musique. Aucune circonstance ne l'importunait. Il omit, abrégea, amplifia; dans certain cas, il opta pour la version primitive. Il finit par aimer la cour, la caserne; un des visages qui lui faisaient face

modifia sa conception du caractère de Roemerstadt. Il
découvrit que les cacophonies pénibles qui avaient
tant alarmé Flaubert sont de pures superstitions
visuelles : des faiblesses et des inconvénients du mot
écrit, non du mot sonore... Il termina son drame : il ne
lui manquait plus qu'à décider d'une seule épithète. Il
la trouva ; la goutte d'eau glissa sur sa joue. Il
commença un cri affolé, remua la tête, la quadruple
décharge l'abattit.

Jaromir Hladik mourut le 29 mars, à neuf heures
deux minutes du matin.

1943.

Traduction P. Verdevoye.

TROIS VERSIONS DE JUDAS

There seemed a certainty in degradation.
T. E. LAWRENCE : Seven Pillars of
Wisdom, CIII.

En Asie mineure ou à Alexandrie, au second siècle
de notre foi, quand Basilide proclamait que le cosmos
était une improvisation téméraire ou mal intention-
née d'anges déficients, Nils Runeberg aurait dirigé
avec une singulière passion intellectuelle un des petits
couvents gnostiques. Dante lui aurait destiné, peut-
être, un sépulcre de feu ; son nom grossirait les
catalogues des hérésiarques mineurs, entre Satornile
et Carpocrate ; quelque fragment de ses prédications,
agrémenté d'injures, resterait dans l'apocryphe *Liber
adversus omnes haereses* ou aurait péri quand l'incendie d'une bibliothèque monastique dévora le dernier
exemplaire du *Syntagma*. En revanche, Dieu lui
accorda le XXe siècle et la cité universitaire de Lund.
C'est là qu'en 1904 il publia la première édition de
Kristus och Judas ; en 1909, son livre capital *Den
hemlige Frälsaren*. (De ce dernier, il existe une version
allemande, réalisée en 1912 par Emil Schering ; elle
s'intitule *Der heimliche Heiland*.)

Avant de tenter un examen des travaux précités, il est urgent de répéter que Nils Runeberg, membre de l'Union Évangélique Nationale, était profondément religieux. Dans un cénacle de Paris ou même de Buenos Aires, un homme de lettres pourrait très bien redécouvrir les thèses de Runeberg; ces thèses, proposées dans un cénacle, seraient de légers exercices inutiles de la négligence ou du blasphème. Pour Runeberg, elles furent la clé qui permet de déchiffrer un mystère central de la théologie; elles furent matière à méditation et analyse, à controverse historique et philologique, à superbe, à jubilation et à terreur. Elles justifièrent et gâchèrent sa vie. Ceux qui parcourront cet article doivent aussi considérer qu'il ne consigne que les conclusions de Runeberg, non sa dialectique et ses preuves. On observera que la conclusion précéda sans doute les « preuves ». Qui se résigne à chercher des preuves d'une chose à laquelle il ne croit pas ou dont la prédication ne l'intéresse pas ?

La première édition de *Kristus och Judas* porte cette épigraphe catégorique, dont Nils Runeberg lui-même, des années plus tard, élargirait monstrueusement le sens : *Non pas une seule mais toutes les choses que la tradition attribue à Judas Iscariote sont fausses* (De Quincey, 1857). A la suite d'un certain Allemand, De Quincey imagina que Judas avait livré Jésus-Christ pour le forcer à déclarer sa divinité et à allumer une vaste rébellion contre le joug de Rome; Runeberg suggère une réhabilitation de caractère métaphysique. Il commence habilement par détacher la superfluité de l'acte de Judas. Il fait observer (comme Robertson) que pour identifier un maître qui prêchait journellement à la synagogue et qui faisait des miracles devant des foules de milliers d'hommes, point n'était besoin de la trahison d'un apôtre. Cependant, elle eut lieu. Il est intolérable de supposer une erreur dans l'Écriture ; il est non moins intolérable d'admettre un fait fortuit dans le plus précieux événement de l'histoire du monde. *Ergo*, la trahison de Judas n'a pas été fortuite ; elle fut un fait préfixé qui a sa place mystérieuse dans l'économie de la rédemption. Runeberg poursuit : le Verbe, quand il s'incarna, passa de l'ubiquité à l'espace, de l'éternité à l'histoire, de la félicité illimitée au changement et à la mort ; pour correspondre à un tel sacrifice, il fallait qu'un homme, représentant tous les hommes, fît un sacrifice condigne. Judas Iscariote fut cet homme. Judas, le seul parmi les apôtres, pressentit la secrète divinité et le terrible dessein de Jésus. Le Verbe s'était abaissé à être mortel ; Judas, disciple du Verbe, pouvait s'abaisser à être délateur (la délation étant le comble de l'infamie) et à être l'hôte du feu qui ne s'éteint pas. L'ordre inférieur est un miroir de l'ordre supérieur ; les formes de la terre correspondent aux formes du ciel ; les taches de la peau sont une carte des constellations incorruptibles ; Judas reflète Jésus en quelque sorte. De là les trente deniers et le baiser ; de là la mort volontaire, pour mériter encore davantage la Réprobation. C'est ainsi que Nils Runeberg élucida l'énigme de Judas.

Les théologiens de toutes les confessions le réfutèrent. Lars Peter Engström l'accusa d'ignorer, ou d'omettre, l'union hypostatique ; Axel Borelius, de reprendre l'hérésie des docètes, qui nièrent l'humanité de Jésus ; le caustique évêque de Lund, de contredire le troisième verset du chapitre vingt-deux de l'évangile de saint Luc.

Ces anathèmes variés influencèrent Runeberg, qui récrivit partiellement le livre réprouvé et modifia sa doctrine. Il abandonna à ses adversaires le terrain théologique et proposa des raisons détournées d'ordre moral. Il admit que Jésus « qui disposait des res-

sources considérables que l'Omnipotence confère »,
n'avait pas besoin d'un homme pour racheter tous les
hommes. Ensuite, il réfuta ceux qui affirment que
nous ne savons rien de l'inexplicable traître ; nous
savons, dit-il, qu'il fut un des apôtres, un des élus pour
annoncer le royaume des cieux, guérir les malades,
purifier les lépreux, ressusciter les morts et chasser les
démons (Matthieu 10 : 7-8 ; Luc 9 : 1). Un homme qui
a été ainsi distingué par le Rédempteur mérite de
notre part la meilleure interprétation de ses actes.
Imputer son crime à la cupidité (comme l'on fait
quelques-uns, en alléguant Jean 12 : 6) c'est se rési-
gner au mobile le plus grossier. Nils Runeberg propose le mobile contraire : un ascétisme hyperbolique
et même illimité. L'ascète avilit et mortifie sa chair
pour la plus grande gloire de Dieu : Judas fit de même
avec son esprit. Il renonça à l'honneur, au bien, à la
paix, au royaume des cieux, comme d'autres, moins
héroïquement, à la volupté[1]. Il prémédita ses fautes
avec une terrible lucidité. Dans l'adultère ont habituellement leur part la tendresse et l'abnégation ;
dans l'homicide, le courage ; dans les profanations et
le blasphème, certaine lueur de satanisme. Judas
choisit des fautes qu'aucune vertu ne visite jamais :
l'abus de confiance (Jean 12 : 6) et la délation. Il agit
avec une gigantesque humilité ; il se crut indigne
d'être bon. Paul a écrit : *Que celui qui se glorifie, se
glorifie dans le Seigneur* (I Corinthiens I : 31) ; Judas
rechercha l'Enfer, parce que le bonheur du Seigneur
lui suffisait. Il pensa que la félicité, comme le bien, est
un attribut divin et que les hommes ne doivent pas
l'usurper[2].

1. Borelius demande en plaisantant : *Pourquoi n'a-t-il pas renoncé à
renoncer ? Pourquoi pas à renoncer à renoncer ?*
2. Euclydes da Cunha, dans un livre ignoré de Runeberg, note que
pour l'hérésiarque de Canudos, Antonio Conselheiro, la vertu était

Plusieurs personnes ont découvert, *post factum*, que la fin extravagante de Runeberg est contenue dans ses débuts justifiables, et que *Den hemlige Frälsaren* est un pur pervertissement ou une exaspération du *Kristus och Judas*. A la fin de 1907, Runeberg termina et revit le texte manuscrit : presque deux années passèrent avant qu'il ne le donnât à l'impression. En octobre 1909, le livre parut avec un prologue (tiède au point d'être énigmatique) de l'hébraïste danois Erik Erfjord et avec une épigraphe perfide : *Il était dans le monde et le monde fut fait par lui, et le monde ne le connut pas* (Jean 1 : 10). L'argument général n'est pas complexe, mais la conclusion est monstrueuse. Dieu, raisonne Nils Runeberg, s'abaissa à être homme pour la rédemption du genre humain ; il est permis de conjecturer que son sacrifice fut parfait, qu'il ne fut ni invalidé ni atténué par des omissions. Il est blasphématoire de limiter sa souffrance à l'agonie d'un soir sur la croix[1]. Le fait d'affirmer qu'il fût homme et

« presque une impiété ». Le lecteur argentin se rappellera des passages analogues dans l'œuvre d'Almafuerte. Runeberg publia, dans la feuille symbolique *Sju insegel*, un poème descriptif assidu, *L'eau secrète :* les premières strophes racontent les faits d'un jour tumultueux ; les dernières, la découverte d'un étang glacial ; le poète suggère que la persistance de cette eau silencieuse corrige notre violence inutile et la permet et l'absout en quelque sorte. Le poème conclut ainsi : *L'eau de la forêt est heureuse ; nous pouvons être pervers et douloureux.*

1. Maurice Abramowicz fait observer que : « Jésus, d'après ce Scandinave, a toujours le beau rôle ; ses déboires, grâce à la science des typographes, jouissent d'une réputation polyglotte ; sa résidence de trente-trois ans parmi les humains ne fut, en somme, qu'une villégiature*. » Erfjord, dans le troisième appendice de la *Christelige Dogmatik*, réfute ce passage. Il note que le crucifiement de Dieu n'a pas cessé, car ce qui s'est passé une seule fois dans le temps se répète sans trêve dans l'éternité. Judas, *maintenant*, continue à toucher les pièces d'argent ; il donne encore son baiser à Jésus-Christ : il continue à jeter ses pièces d'argent dans le temple : il continue à faire un nœud

* En français dans le texte.

incapable de pécher renferme une contradiction : les attributs d'*impeccabilitas* et d'*humanitas* ne sont pas compatibles. Kennitz admet que le Rédempteur ait pu connaître la fatigue, le froid, le trouble, la faim et la soif ; il est permis d'admettre aussi qu'il ait pu pécher et se perdre. Le texte fameux : *Il jaillira comme une racine d'une terre assoiffée ; il n'y a en lui ni bonne apparence, ni beauté ; méprisé et le dernier des hommes ; un homme de douleur, qui connaît l'affliction* (Esaïe 53 : 2-3), est pour beaucoup une vision anticipée du crucifié à l'heure de sa mort ; pour quelques-uns (par exemple, Hans Lassen Martensen), une réfutation de la beauté que le vulgaire attribue unanimement au Christ ; pour Runeberg, l'exacte prophétie non d'un moment mais de tout l'atroce avenir, dans le temps et dans l'éternité, du Verbe incarné. Dieu s'est fait totalement homme, mais homme jusqu'à l'infamie, homme jusqu'à la réprobation et l'abîme. Pour nous sauver, il aurait pu choisir *n'importe lequel* des destins qui trament le réseau perplexe de l'histoire ; il aurait pu être Alexandre ou Pythagore ou Rurik ou Jésus ; il choisit un destin infime : il fut Judas.

C'est en vain que les librairies de Stockholm et de Lund proposèrent cette révélation. Les incrédules la considérèrent, *a priori*, comme un jeu théologique insipide et laborieux ; les théologiens la dédaignèrent. Runeberg vit dans cette indifférence œcuménique une confirmation presque miraculeuse. Dieu ordonnait cette indifférence ; Dieu ne voulait pas que Son terrible secret fût propagé sur la terre. Runeberg comprit que l'heure n'était pas venue. Il sentit que d'antiques malédictions divines convergeaient sur lui ; il se rap-

avec une corde dans une campagne de sang. (Erfjord, pour justifier cette affirmation, invoque le dernier chapitre du premier tome de la *Défense de l'éternité*, de Jaromir Hladik.)

pela Elie et Moïse, qui se voilèrent la face sur la
montagne pour ne pas voir Dieu ; Esaïe, qui fut
terrassé quand ses yeux virent Celui dont la gloire
remplit la terre ; Saül, dont les yeux furent aveuglés
sur le chemin de Damas ; le rabbin Siméon ben Azaï,
qui vit le Paradis et mourut ; le fameux sorcier Jean de
Viterbe, qui devint fou quand il put voir la Trinité ; les
Midrashim, qui ont horreur des impies qui prononcent le *Shem Hamephorash*, le Nom Secret de Dieu.
Lui-même, n'était-il pas coupable, peut-être, de ce
crime obscur ? Ne serait-ce pas là ce blasphème contre
l'Esprit, qui ne sera pas pardonné (Mathieu 12 : 31) ?
Valerius Soranus mourut parce qu'il avait divulgué le
nom secret de Rome ; quel châtiment infini serait le
sien pour avoir découvert et divulgué le nom terrifiant
de Dieu ?

Ivre d'insomnie et de dialectique vertigineuse, Nils
Runeberg erra dans les rues de Malmö, en suppliant à
grands cris que lui soit accordée la grâce de partager
l'Enfer avec le Rédempteur.

Il mourut de la rupture d'un anévrisme, le premier
mars 1912. Les hérésiologues s'en souviennent peut-
être ; il avait ajouté à l'idée du Fils, qui semblait
épuisée, les complexités du mal et de l'infortune.

1944.

Traduction P. Verdevoye.

LA FIN

Recabarren, étendu sur le dos, entrouvrit les yeux et vit le plafond oblique de roseaux. De l'autre pièce, lui parvenait un raclement de guitare. Une sorte de misérable labyrinthe qui s'enroulait et se déroulait indéfiniment... Il se souvint petit à petit de la réalité des choses quotidiennes que déjà il ne changerait pour aucunes autres. Il regarda sans compassion son grand corps inutile et le poncho de laine ordinaire qui enveloppait ses jambes. Dehors, derrière les barreaux de la fenêtre, s'allongeaient les prairies et le soir. Il avait dormi, mais il restait encore beaucoup de clarté dans le ciel. Avec le bras gauche, il tâtonna jusqu'à la rencontre d'une sonnaille de bronze qui était au pied de son lit de camp. Il l'agita une ou deux fois. De l'autre côté de la porte, le modeste accord continuait de résonner. Le joueur était un nègre qui était apparu une nuit avec des prétentions de chanteur et qui avait défié un autre étranger en un long duo de contrepoint. Vaincu, il continuait de fréquenter la boutique comme s'il attendait quelqu'un. Il passait le temps en jouant de la guitare, mais il n'avait jamais recommencé à chanter. Sa défaite l'avait peut-être rendu amer. Les gens s'étaient déjà accoutumés à cet homme inoffensif.

Recabarren n'était pas près d'oublier cette séance de contrepoint. Le jour suivant, en enveloppant des ballots de maté, la moitié gauche de son corps était brusquement devenue inerte et il avait perdu l'usage de la parole. A force de nous apitoyer sur les malheurs des héros de romans, nous finissons par nous apitoyer trop sur les nôtres. Au contraire, le patient Recabarren accepta la paralysie comme il avait accepté les rigueurs et les solitudes de l'Amérique. Habitué à vivre dans le présent, comme les animaux, il regardait maintenant le ciel et pensait que le halo rouge de la lune était signe de pluie.

Un enfant au visage d'Indien (son fils, peut-être) entrouvrit la porte. Recabarren lui demanda des yeux s'il y avait quelque client. L'enfant, taciturne, lui signifia par signe que non. Le nègre ne comptait pas. L'homme étendu resta seul. Sa main gauche joua un moment avec la sonnaille, comme si elle démontrait son pouvoir.

La plaine, aux derniers instants du soleil, était presque abstraite, comme vue en rêve. Un point s'agita à l'horizon et grandit jusqu'à devenir un cavalier qui venait, ou paraissait venir, à cette maison. Recabarren vit le chapeau à larges bords, le grand poncho sombre et le cheval more, mais non le visage de l'homme, qui à la fin retint le galop de sa monture et s'approcha au petit trot. A cent cinquante mètres environ, il changea de direction. Recabarren ne le vit plus, mais il l'entendit parler, mettre pied à terre, attacher son cheval au poteau et entrer d'un pas ferme dans la boutique.

Sans lever les yeux de son instrument où il paraissait chercher quelque chose, le nègre dit avec douceur :

— Je savais, Monsieur, que je pouvais compter sur vous.

L'autre répondit d'une voix rude :

— Et moi, sur toi, mulâtre. Je t'ai fait attendre quelques jours, mais je suis venu.

Il y eut un silence. A la fin, le nègre reprit :

— Je suis accoutumé à attendre. J'ai attendu sept ans.

L'autre répliqua sans se presser :

— Moi j'ai passé plus de sept ans sans voir mes enfants. Je les ai vus aujourd'hui et je n'ai pas voulu leur apparaître comme un homme qui va le couteau à la main.

— Je comprends, dit le nègre. J'espère que vous les avez laissés en bonne santé.

L'étranger, qui s'était assis sur le comptoir, rit de bon cœur. Il demanda un verre d'eau-de-vie qu'il savoura sans l'achever.

— Je leur ai donné de bons conseils, dit-il, qui ne sont jamais de trop et qui ne coûtent rien. Je leur ai dit entre autres choses que l'homme ne doit pas répandre le sang de l'homme.

Un lent accord de guitare précéda la réponse du nègre :

— Vous avez bien fait. Comme cela, ils ne nous ressembleront pas.

— Au moins à moi, dit l'étranger, et il ajouta comme s'il pensait à haute voix : mon destin a voulu que je tue et maintenant il me met à nouveau le couteau à la main.

Le Noir, comme s'il n'avait pas entendu, fit observer :

— A l'automne, les jours raccourcissent.

— La lumière qui reste me suffit, dit l'autre en se levant.

Il se mit juste devant le Noir et lui dit, comme fatigué :

— Laisse ta guitare tranquille. Aujourd'hui t'attend une autre sorte de contrepoint.

Les deux se dirigèrent vers la porte. En sortant, le nègre murmura :

— J'aurai peut-être aussi peu de chance dans celui-ci que dans le premier.

L'autre répondit avec sérieux :

— Tu ne t'es pas mal tiré du premier. Ce qui s'est passé est que tu étais trop désireux d'arriver au second.

Ils s'éloignèrent quelque peu des maisons, cheminant côte à côte. Chaque endroit de la prairie est égal à n'importe quel autre et la lune brillait. Soudain, ils se regardèrent, s'arrêtèrent et l'étranger retira ses éperons. Ils avaient déjà le poncho sur l'avant-bras, quand le nègre dit :

— Je voudrais vous demander une chose avant que nous ne commencions. Dans ce combat, mettez tout votre courage et toute votre adresse, comme en cet autre il y a sept ans, quand vous avez tué mon frère.

Peut-être pour la première fois au cours du dialogue, Martin Fierro[1] entendit la haine. Il sentit son sang comme un aiguillon. La mêlée commença et l'acier effilé balafra le visage du nègre.

Il existe une heure de la soirée où la prairie va dire quelque chose. Elle ne le dit jamais. Peut-être le dit-elle infiniment et nous ne l'entendons pas, ou nous l'entendons, mais ce quelque chose est intraduisible comme une musique...

Depuis son lit de camp, Recabarren vit le dénoue-

---

1. Martin Fierro, prototype légendaire du gaucho, est le héros de l'épopée populaire argentine qui porte son nom. Dans le poème de José Hernández, que chaque Argentin a en mémoire, le nègre qui veut venger son frère provoque bien Fierro à un duel de guitare, mais la rixe au couteau n'a pas lieu (vers 6238-6838). Fierro donne alors des conseils à ses fils.

ment. Un assaut et le Noir recula, perdit pied, menaça son adversaire au visage et se fendit pour porter un coup profond qui pénétra dans le ventre. Puis vint un autre coup que le patron de la boutique ne parvint pas à bien voir. Fierro ne se releva pas. Immobile, le nègre paraissait surveiller sa laborieuse agonie. Il essuya son propre couteau ensanglanté sur l'herbe et revint à la maison avec lenteur, sans regarder derrière lui. Il avait accompli sa tâche de justicier et, désormais, n'était personne. Mieux dit, il était l'autre. Il n'avait pas de destin sur la terre et il avait tué un homme.

Traduction Roger Caillois.

LA SECTE DU PHÉNIX

Ceux qui écrivent que la secte du Phénix eut son origine à Héliopolis et qui la font dériver de la restauration religieuse qui succéda à la mort du réformateur Aménophis IV, allèguent des textes d'Hérodote, de Tacite et des monuments égyptiens. Mais ils ignorent, ou veulent ignorer, que la dénomination de Phénix n'est guère antérieure à Hrabano Maúro, et que les sources les plus anciennes (disons les *Saturnales* ou Flavius Josèphe) parlent seulement des Gens de la Coutume ou des Gens du Secret. Grégorovius avait déjà observé, dans les petits couvents de Ferrare, que la mention du Phénix était rarissime dans le langage oral. A Genève, j'ai conversé avec des artisans, qui ne me comprirent pas quand je leur demandai s'ils étaient des hommes du Phénix ; mais ils admirent sur-le-champ qu'ils étaient des hommes du Secret. Sauf erreur de ma part, il en est de même pour les bouddhistes : le nom sous lequel le monde les désigne n'est pas celui qu'ils prononcent.

Miklosich, dans une page trop fameuse, a comparé les sectaires du Phénix aux gitans. Au Chili et en Hongrie, il y a des gitans et aussi des sectaires : hormis cette sorte d'ubiquité, les uns et les autres ont très peu de chose en commun. Les gitans sont maqui-

gnons, chaudronniers, forgerons, ou diseurs de bonne
aventure ; les sectaires exercent avec bonheur les
professions libérales. Les gitans configurent un type
physique et parlent, ou parlaient, une langue secrète ;
les sectaires se confondent avec les autres hommes,
comme le prouve le fait qu'ils n'ont pas été persécutés.
Les gitans sont pittoresques et inspirent les mauvais
poètes ; les romances, les chromos et les boleros
omettent les sectaires... Martin Buber déclare que les
juifs sont essentiellement pathétiques ; tous les sectaires ne le sont pas, et quelques-uns abominent le
pathétisme ; cette vérité publique et notoire suffit à
réfuter l'erreur vulgaire (absurdement soutenue par
Urmann) qui voit dans le Phénix une dérivation
d'Israël. Les gens raisonnent à peu près ainsi :
Urmann était un homme sensible ; Urmann était juif ;
Urmann fréquenta les sectaires dans la juiverie de
Prague ; l'affinité que sentit Urmann prouve un fait
réel. Sincèrement, je ne peux pas admettre cette
opinion. Que les sectaires, dans un milieu juif, ressemblent aux juifs, cela ne prouve rien ; le fait indéniable
est qu'ils ressemblent, comme le Shakespeare infini
de Hazlitt, à tous les hommes. Ils sont tout pour tous,
comme l'Apôtre ; naguère le docteur Juan Francisco
Amaro, de Paysandú, vanta la facilité avec laquelle ils
prenaient les habitudes créoles.

J'ai dit que l'histoire de la secte ne consigne pas de
persécutions. C'est vrai ; mais, comme il n'y a guère de
groupe humain où ne figurent pas de partisans du
Phénix, il est sûr également qu'il n'y a pas de persécutions ou de cruautés dont ils n'aient été les victimes ou
les agents. Dans les guerres occidentales et dans les
guerres lointaines d'Asie, ils ont répandu séculaire-
ment leur sang sous des drapeaux ennemis ; leur
identification avec tous les pays du globe ne leur sert
pas à grand-chose.

Sans un livre sacré qui les rassemble, comme les Écritures rassemblent Israël, sans un souvenir commun, sans cet autre souvenir qu'est une langue, dispersés, à la surface de la terre, différents par la couleur et les traits, une seule chose — le Secret — les unit et les unira jusqu'à la fin des temps. Un jour, outre le Secret, il y eut une légende (et peut-être un mythe cosmogonique), mais les hommes superficiels du Phénix l'ont oubliée, et ils ne conservent aujourd'hui que l'obscure tradition d'un châtiment. D'un châtiment, d'un pacte ou d'un privilège, car les versions diffèrent et laissent à peine entrevoir la sentence d'un dieu qui assure l'éternité à une race si les hommes de cette race, génération après génération, exécutent un rite. J'ai compulsé les informations des voyageurs, j'ai conversé avec patriarches et théologiens ; je peux certifier que l'accomplissement du rite est la seule pratique religieuse observée par les sectaires. Le rite constitue le Secret. Celui-ci, comme je l'ai indiqué, se transmet de génération en génération, mais l'usage veut qu'il ne soit enseigné ni par les mères à leurs enfants, ni par des prêtres ; l'initiation au mystère est l'œuvre des individus les plus bas. Un esclave, un lépreux ou un mendiant sont les mystagogues. Un enfant peut également instruire un autre enfant. L'acte en soi est banal, momentané et ne réclame pas de description. Le matériel est constitué par du liège, de la cire ou de la gomme arabique. (Dans la liturgie on parle de limon ; le limon est également utilisé.) Il n'y a pas de temples consacrés spécialement à la célébration de ce culte ; mais des ruines, une cave ou un vestibule sont considérés comme des lieux propices. Le Secret est sacré, mais il n'en est pas moins un peu ridicule ; l'exercice en est furtif et même clandestin, et ses adeptes n'en parlent pas. Il n'existe pas de mots honnêtes pour le nommer, mais il est sous-entendu que tous les mots le désignent ou, plutôt, qu'ils y font inévitablement allusion ; ainsi, au cours du dialogue, j'ai dit quelque chose et les adeptes ont souri ou bien ils ont été gênés, car ils ont senti que j'avais effleuré le Secret. Dans les littératures germaniques il y a des poèmes écrits par les sectaires, dont le sujet nominal est la mer ou le crépuscule du soir ; j'entends répéter que ce sont, en quelque sorte, des symboles du Secret. Un adage apocryphe enregistré par Du Cange dans son *Glossaire* dit : « Orbis terrarum est speculum Ludi. » Une sorte d'horreur sacrée empêche quelques fidèles d'exécuter le rite très simple ; les autres les méprisent, mais les premiers se méprisent encore davantage. En revanche, ceux qui renoncent délibérément à la Coutume et obtiennent un commerce direct avec la divinité jouissent d'un grand crédit ; pour manifester ce commerce, ils utilisent des figures de la liturgie. Ainsi John of the Rood écrivit :

> *Sachent les Neuf Firmaments que le Dieu*
> *Est délectable comme le Liège et le Limon.*

J'ai mérité l'amitié de nombreux dévots du Phénix dans trois continents. Je suis persuadé que le Secret, au début, leur parut banal, pénible, vulgaire et (ce qui est encore plus étrange) incroyable. Ils ne voulaient pas admettre que leurs ancêtres se fussent rabaissés à de semblables manèges. Il est étrange que le Secret ne se soit pas perdu depuis longtemps ; malgré les vicissitudes du globe, malgré les guerres et les exodes, il arrive, terriblement, à tous les fidèles. Quelqu'un n'a pas hésité à affirmer qu'il est devenu instinctif.

Traduction P. Verdevoye.

LE SUD

L'homme qui débarqua à Buenos Aires en 1871 s'appelait Johannes Dahlmann. Il était pasteur de l'église évangélique. En 1939, un de ses petits fils, Juan Dahlmann, était secrétaire d'une bibliothèque municipale, sise rue Cordoba, et se sentait profondément argentin. Son grand-père maternel avait été ce Francisco Flores du IIᵉ d'infanterie de ligne, qui mourut sur la frontière de la province de Buenos Aires, percé par les lances des Indiens de Catriel. De ces deux lignages discordants, Juan Dahlmann (poussé peut-être par son sang germanique) choisit celui de cet ancêtre romantique, ou de trépas romantique. Un cadre avec le daguerréotype d'un homme au visage inexpressif et barbu, une vieille épée, la grâce et le courage de certains refrains, l'habitude des strophes de Martin Fierro, les années, l'indifférence et la solitude développèrent en lui un créolisme un tantinet volontaire, mais nullement ostentatoire. Au prix de quelques privations, Dahlmann avait pu sauver la maison et un lopin de terre d'une estancia du Sud, qui fut celle des Flores. Une des habitudes de sa mémoire était l'image des eucalyptus embaumés et de la longue demeure rose, qui autrefois fut cramoisie. Son travail et peut-être sa paresse le retenaient à la

ville. Été après été, il se contentait de l'idée abstraite
de la possession et de la certitude que sa maison
l'attendait dans un endroit précis de la plaine. Dans
les derniers jours de février 1939, quelque chose lui
arriva.

Aveugle pour les fautes, le destin peut être implacable pour les moindres distractions. Dahlmann avait
acquis ce soir-là un exemplaire incomplet des *Mille et
Une Nuits* de Weil. Impatient d'examiner sa trouvaille, il n'attendit pas que l'ascenseur descende et
monta avec précipitation les escaliers. Quelque chose
dans l'obscurité lui effleura le front. Une chauve-
souris ? Un oiseau ? Sur le visage de la femme qui lui
ouvrit la porte, il vit se peindre l'horreur et la main
qu'il passa sur son front devint rouge de sang. L'arête
d'un volet récemment peint, que quelqu'un avait
oublié de fermer, lui avait fait cette blessure. Dahlmann réussit à dormir. Mais, à l'aube, il était réveillé
et, dès lors, la saveur de toutes choses lui devint
atroce. La fièvre le ravagea et les illustrations des
Mille et Une Nuits servirent à illustrer ses cauchemars.
Amis et parents le visitaient et lui répétaient avec un
sourire exagéré qu'ils le trouvaient très bien. Dahlmann les entendait dans une sorte d'engourdissement
sans force et s'émerveillait de les voir ignorer qu'il
était en enfer. Huit jours passèrent, aussi longs que
huit siècles.

Un soir, le médecin habituel se présenta avec un
médecin nouveau et les deux le conduisirent à une
clinique de la rue Ecuador, car il était indispensable
de le radiographier. Dahlmann, dans le taxi qui les
amenait, pensa que, dans une chambre qui ne serait
pas la sienne, il pourrait enfin dormir. Il se sentait
heureux et communicatif. Quand il arriva, on le
dévêtit, on lui rasa le crâne, on l'attacha sur une
civière, on l'éclaira jusqu'à l'aveuglement et jusqu'au

vertige, on l'ausculta et un homme masqué lui
enfonça une aiguille dans le bras. Il se réveilla avec
des nausées et des pansements dans une cellule qui
ressemblait un peu à un puits. Durant les jours et les
nuits qui suivirent l'opération, il put comprendre qu'il
n'avait guère été jusqu'alors que dans la banlieue de
l'enfer. La glace ne laissait dans sa bouche aucune
trace de fraîcheur. Dahlmann s'abomina minutieusement. Il abomina son identité, les nécessités de son
corps, son humiliation, la barbe qui lui hérissait le
visage. Il supporta stoïquement les traitements, qui
étaient très douloureux. Quand le chirurgien lui dit
qu'il avait été sur le point de mourir d'une septicémie,
Dahlmann se mit à pleurer, ému de son propre destin.
Les douleurs physiques et l'incessante prévision de
mauvaises nuits ne lui avaient pas permis de penser à
quelque chose d'aussi abstrait que la mort. Un autre
jour, le chirurgien lui dit qu'il allait mieux et que très
vite il pourrait se rendre en convalescence dans son
estancia. Incroyablement, le jour promis arriva.

La réalité aime les symétries et les légers anachro-
nismes. Dahlmann était venu à la clinique en taxi et
un taxi l'amenait maintenant à la gare. La première
fraîcheur de l'automne après l'oppression de l'été était
comme si la nature lui offrait un symbole de sa vie
rachetée de la mort et de la fièvre. La ville, à sept
heures du matin, n'avait pas perdu cet air de vieille
maison que lui donne la nuit. Les rues étaient comme
de grands vestibules, les places comme des cours.
Dahlmann les reconnaissait avec bonheur et avec un
début de vertige. Quelques secondes avant que ses
yeux ne les perçoivent, il se souvenait des coins de
rues, des panneaux d'affichage, des modestes particu-
larités de Buenos Aires. Dans la lumière dorée du
nouveau jour, toute chose lui était restituée.

Personne n'ignore que le Sud commence de l'autre

côté de la rue Rivadavia. Dahlmann avait coutume de répéter qu'il ne s'agit pas là d'une convention et que celui qui traverse cette rue entre dans un monde plus ancien et plus ferme. De la voiture, il cherchait parmi les constructions nouvelles la fenêtre grillée, le heurtoir, la porte voûtée, le vestibule, l'intime patio.

Dans le hall de la gare, il s'aperçut qu'il était en avance d'une demi-heure. Il se souvint brusquement que, dans le café de la rue Brasil, tout près de la maison d'Yrigoyen, il y avait un énorme chat qui, telle une divinité dédaigneuse, se laissait caresser par les clients. Il entra, le chat était là, endormi. Dahlmann demanda une tasse de café, la sucra lentement, la goûta (dans la clinique, ce plaisir lui avait été interdit) et il pensa, pendant qu'il lissait le noir pelage, que ce contact était illusoire et que le chat et lui étaient comme séparés par une plaque de verre, parce que l'homme vit dans le temps, dans la succession, et le magique animal dans l'actuel, dans l'éternité de l'instant.

Le train attendait au long de l'avant-dernier quai. Dahlmann parcourut les wagons et en trouva un qui était presque vide. Il mit sa valise dans le filet. Quand les voitures démarrèrent, il l'ouvrit et en tira, après quelques hésitations, le premier tome des *Mille et Une Nuits*. Voyager avec ce livre si étroitement lié à l'histoire de son malheur, était une affirmation que ce malheur était maintenant annulé et un défi joyeux et secret aux forces maintenant désappointées du mal.

Des deux côtés du train, la cité se diluait en faubourgs. Cette vision, puis celle de jardins et de villas, retardèrent le début de sa lecture. La vérité est que Dahlmann lut peu. La montagne de pierre d'aimant et le génie qui jura de tuer son bienfaiteur étaient assurément merveilleux, mais pas beaucoup plus que la lumière du matin et le simple fait d'exister. Le bonheur le distrayait de Shéhérazade et de ses miracles superflus. Dahlmann ferma le livre et se laissa tout bonnement vivre.   .

Le déjeuner (avec le bouillon servi dans des bols de métal brillant, comme aux jours déjà lointains de ses vacances enfantines) fut un autre plaisir calme et bien venu.

Demain, je m'éveillerai à l'estancia, pensa-t-il et c'était comme si deux hommes existaient en même temps. Celui qui voyageait dans un jour d'automne et dans la géographie de son pays et un autre, enfermé dans une clinique et soumis à de méthodiques servitudes. Il vit des maisons de briques sans crépi, longues et construites en équerre, regardant indéfiniment passer les trains. Il vit des cavaliers dans les chemins poussiéreux. Il vit des fossés, des mares et du bétail. Il vit de grands nuages lumineux qu'on aurait dit en marbre et toutes ces choses lui paraissaient fortuites, comme autant de rêves de la plaine. Il crut aussi reconnaître des arbres et des cultures qu'il n'aurait pas pu nommer, car son expérience concrète de la campagne était fort inférieure à la connaissance nostalgique et littéraire qu'il en avait.

Il finit par dormir et la lancée du train hantait ses rêves. Déjà le soleil blanc et intolérable de midi était le soleil jaune qui précède le crépuscule et il n'allait pas tarder à devenir rouge. Le wagon, lui aussi, avait changé. Ce n'était plus celui qui avait quitté le quai de la gare Buenos Aires. La plaine et les heures l'avaient traversé et métamorphosé.

Dehors, l'ombre mobile du wagon s'allongeait jusqu'à l'horizon. Ni villages, ni autres manifestations humaines ne troublaient le sol élémentaire. Tout était vaste, mais en même temps intime, en quelque manière, secret. Dans la campagne immense, il n'y avait parfois rien d'autre qu'un taureau. La solitude

était parfaite, peut-être hostile. Dahlmann put supposer qu'il ne voyageait pas seulement vers le Sud, mais
aussi vers le passé. Un contrôleur le tira de cette
conjecture fantastique. Regardant son billet, il l'avertit que le train ne le déposerait pas à la station
habituelle, mais à une autre située un peu avant et à
peu près inconnue de Dahlmann. (L'homme ajouta
une explication que Dahlmann n'essaya pas de
comprendre ni même d'écouter, parce que le mécanisme des événements ne l'intéressait pas.)

Le train s'arrêta laborieusement, presque en pleine
campagne. De l'autre côté de la voie, se trouvait la
gare, qui ne consistait guère qu'en un quai et un
appentis. Il n'y avait là aucune voiture, mais le chef de
la station fut d'avis que le voyageur pourrait peut-être
en louer une dans la boutique qu'il lui indiqua, à mille
ou douze cents mètres de là.

Dahlmann accepta cette promenade forcée comme
une petite aventure. Déjà le soleil s'était couché, mais
une dernière clarté exaltait la plaine vive et silencieuse que la nuit allait effacer. Moins pour éviter la
fatigue que pour faire durer le trajet, Dahlmann
marchait lentement, respirant avec un plaisir solennel
l'odeur du trèfle.

La boutique avait été une fois rouge vif, mais les
années avaient heureusement tempéré cette couleur
violente. Quelque chose dans sa pauvre architecture
rappela au voyageur une gravure sur acier, peut-être
d'une vieille édition de *Paul et Virginie*. Plusieurs
chevaux étaient attachés à la palissade. Dahlmann,
une fois entré, crut reconnaître le patron. Il s'aperçut
ensuite qu'il avait été abusé par la ressemblance de
l'homme avec un des employés de la clinique. Le
patron, informé de l'affaire, lui dit qu'il ferait atteler
la carriole. Pour ajouter un fait nouveau à la journée
et pour passer le temps, Dahlmann résolut de dîner

dans la boutique. A une table, un groupe de gens
mangeaient et buvaient bruyamment. Dahlmann, au
début, ne fit pas attention à eux. A même le sol, le dos
appuyé contre le comptoir, était accroupi un vieillard,
immobile comme une chose. Un grand nombre d'années l'avaient réduit et poli comme les eaux font une
pierre et les générations une maxime. Il était bruni,
petit, desséché. On l'aurait dit hors du temps, dans
une sorte d'éternité. Dahlmann remarqua avec satis-
faction qu'il était vêtu de la tête aux pieds comme le
gaucho typique. Il se dit, se souvenant de discussions
oiseuses avec des gens de provinces du Nord ou
d'Entre-Rios, que des gauchos de cette espèce, il n'en
existait plus que dans le Sud.

Dahlmann s'installa près de la fenêtre. La campagne était maintenant tout entière dans l'obscurité,
mais son odeur et ses bruits parvenaient jusqu'à lui à
travers les barreaux de fer. Le patron lui apporta des
sardines, puis une grillade. Dahlmann fit passer le
tout avec quelques verres de vin rouge. Sans penser à
rien, il savourait l'âpre saveur et laissait errer dans la
pièce son regard déjà un peu somnolent. La lampe à
pétrole pendait à une des poutres. Les clients, à l'autre
table, étaient trois : deux paraissaient des valets de
ferme, l'autre, dont les traits pesants étaient vaguement indiens, buvait, le chapeau sur la tête. Soudain,
Dahlmann sentit quelque chose lui effleurer le visage.
Près du verre ordinaire, épais et sale, sur une des raies
de la nappe, il y avait une boulette de mie de pain.
C'était tout. Mais quelqu'un l'avait jetée.

Ceux de l'autre table paraissaient indifférents.
Dahlmann, perplexe, décida que rien ne s'était passé
et ouvrit le volume des *Mille et Une Nuits*, comme pour
recouvrir la réalité. Une autre boulette l'atteignit au
bout de quelques minutes et, cette fois, les trois se
mirent à rire. Dahlmann se dit qu'il n'était pas

effrayé, mais que ce serait absurde, de la part d'un convalescent, de se laisser entraîner par des inconnus à une rixe confuse. Il résolut de sortir. Il était déjà debout, quand le patron s'approcha et lui dit d'une voix inquiète :

— Monsieur Dahlmann, ne faites pas attention à ces types. Ils sont un peu éméchés.

Dahlmann ne s'étonna pas que l'autre, maintenant, le connût. Mais il sentit que ces paroles apaisantes aggravaient en fait la situation. Auparavant, la provocation du trio était dirigée à un visage de hasard, pour ainsi dire à personne. Désormais, elle s'adressait à lui, à son nom. Les voisins l'apprendraient. Dahlmann écarta le patron, fit face aux rieurs et leur demanda ce qu'ils voulaient.

Le voyou aux traits indiens se leva, titubant. A un pas de Juan Dahlmann, il l'injuria à grands cris, comme s'il se trouvait très loin. Il jouait à exagérer son ébriété et son exagération était un outrage et une moquerie. Tout en se répandant en jurons et en obscénités, il lança en l'air un long couteau, le suivit des yeux, le rattrapa et invita Dahlmann à se battre. Le patron objecta avec une voix tremblante que Dahlmann était sans arme. A ce moment, quelque chose d'imprévisible se produisit.

De son coin, le vieux gaucho extatique, en qui Dahlmann voyait un symbole du Sud (de ce Sud, qui était le sien), lui lança un poignard, la lame nue, qui vint tomber à ses pieds. C'était comme si le Sud avait décidé que Dahlmann accepterait le duel. Dahlmann se baissa pour ramasser le poignard et comprit deux choses : la première, que, par cet acte presque instinctif, il s'engageait à combattre ; la seconde, que l'arme dans sa main maladroite ne servirait pas à le défendre, mais à justifier qu'on le tue. Il lui était arrivé, comme à tout le monde, de jouer avec un poignard, mais sa science de l'escrime se bornait au fait qu'il savait que les coups devaient être portés de bas en haut et le tranchant vers l'extérieur. *A la clinique, on n'aurait pas permis que de pareilles choses m'arrivent,* pensa-t-il.

— Sortons, dit l'autre.

Ils sortirent ; et si, en Dahlmann, il n'y avait pas d'espoir, il n'y avait pas non plus de peur. Il sentit, en passant le seuil, que mourir dans un duel au couteau, à ciel ouvert et en attaquant de son côté son adversaire, aurait été une libération pour lui, une félicité et une fête, la première nuit dans la clinique, quand on lui enfonça l'aiguille. Il sentit que si, alors, il eût pu choisir ou rêver sa mort, celle-ci était la mort qu'il aurait choisie ou rêvée.

Dahlmann empoigne avec fermeté le couteau qu'il ne saura sans doute pas manier et sort dans la plaine.

Traduction Roger Caillois.

LE JARDIN

AUX SENTIERS QUI BIFURQUENT

ARTIFICES

DU MÊME AUTEUR

Aux Éditions Gallimard

LABYRINTHES

ENQUÊTES

L'AUTEUR ET AUTRES TEXTES

DISCUSSION

L'ALEPH

ŒUVRE POÉTIQUE

LE RAPPORT DE BRODIE

L'OR DES TIGRES

LE LIVRE DE SABLE

LIVRE DE PRÉFACES *suivi de* ESSAI D'AUTOBIOGRAPHIE

*

ENTRETIENS AVEC GEORGES CHARBONNIER

CONVERSATIONS AVEC RICHARD BURGIN

Impression Bussière à Saint-Amand (Cher),
le 10 décembre 1984.
Dépôt légal : décembre 1984.
1ᵉʳ dépôt légal dans la collection : novembre 1974.
Numéro d'imprimeur : 2908.
ISBN 2-07-036614-6/Imprimé en France.